Han Kang

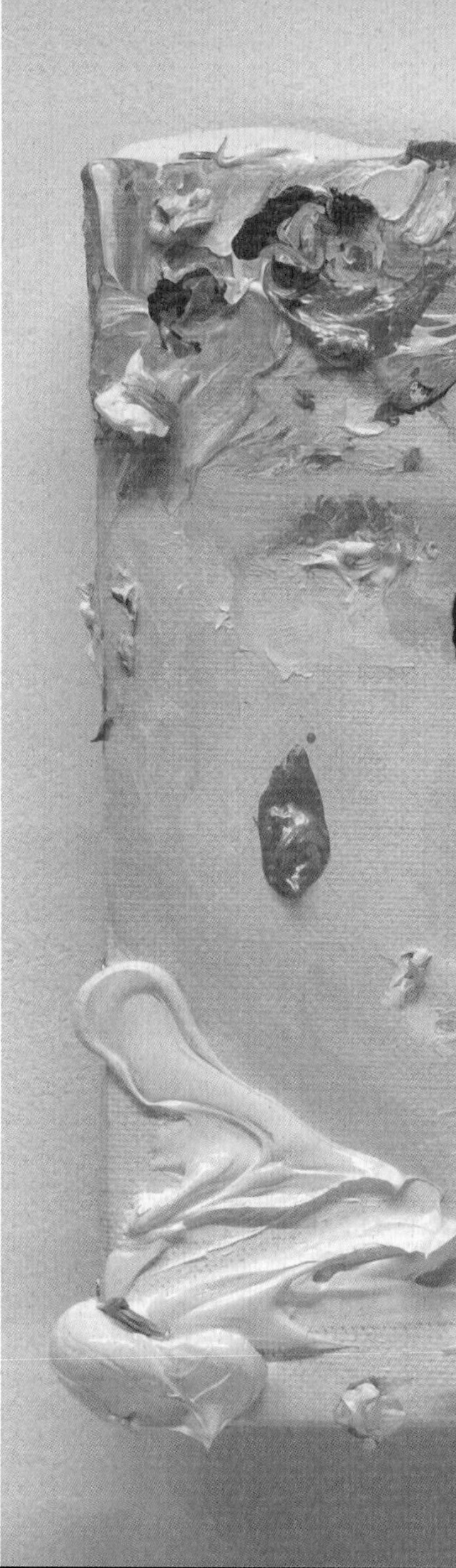

回復する人間

ハン・ガン　斎藤真理子［訳］

白水社
EXLIBRIS

回復する人間

This book is published under the support of
Literature Translation Institute of Korea(LTI Korea).

回復する人間　目次

明るくなる前に

밝아지기 전에

よりによってなぜ今日、あの鳥のことを思い出したのだろう。

十二月だった。零下十五度の寒波がちょっと鳴りをひそめた日曜日の午後に、その鳥を見た。遊歩道が丸くカーブしたところ、霜が降りた草むらのはずれで、それは顔を胸の方へ埋めて死んでいた。丹頂に似た白い鳥だった。

この寒さで凍え死んだんだな、と一瞬思ったのを覚えている。一緒にいたユニがすばやく手を伸ばして、鳥に触ろうとした。私はユニの手をつかんだ。

触っちゃだめ。

どうして?

死んでるじゃない。

死んだら触っちゃいけないの?

黙ってユニの手を引いて鳥のところを通り過ぎた。十歩ぐらい行ってから振り向くと、草むらのはずれにまだうずくまっている、雪のように白く繊細な翼が見えた。

二十五歳だったそうだ。喪主がいなかった。遺影を見上げもせず、せかせかと二回礼をして向き直り、靴をはいたところへウニ姉さんがガラス戸を開けて入ってきた。お手洗いに行っていたらしい。目元や頬をまっ赤に泣き腫らして、知らない人のようだった。小柄な彼女には喪服のチマ（韓国の伝統的衣装のスカート）が長すぎて、腰のあたりを紐で縛ってもまだ裾を床に引きずっていた。私が近づいて肩に手を置くと、彼女は泣いた。初めて見る涙だった。

朝の七時まで私と話してたんだよ。おなかが痛いから、姉さんが出勤するときついでに病院まで乗せてってくれって言われて。私、遅刻するからだめって答えたの。タクシー呼んで行きなさいって、一万ウォン札を二枚置いて出たの。いらいらもしてたんだよね、私。この罪をどうしたらいいの。

ウニ姉さんと六歳違いの、たった一人の弟だった。死因は急性腹膜炎だった。その日の午前十一時ごろ、自分の部屋で意識を失っている彼を、母さん――二年前に寡婦になった、足の不自由な――が発見して救急車を呼んだが、六時間後にとうとう息を引き取ったという。

あの写真、去年、お母さんと一緒に済州島《チェジュド》に行ったとき撮ったの。ピントがぼけてるでしょ。いくら探しても、よく撮れてる写真があれしかなかった。

彼女はすすり泣きながら、ずっと遺影の話ばかりした。その説明が今、いちばん大事なことであるみたいに。遺影はちゃんと見なかったとは言えなくて、私は、大丈夫、いい写真だよと何度もくり返した。私の黒いブラウスの胸元がすっかり濡れるまで彼女が泣いているあいだ、私は両腕でその肩をぎゅっと抱いていた。

それがもう六年前のことだ。

十万ウォンちょっとの手数料を差し引いて、航空券払い戻しの手続きを電話で終えたあと、リビングのデスクの前に戻って座った。ベランダの向こうには凍てついた駐車場、雪におおわれた山、黒焦げの炭のような木々が見える。二月も中旬、もうすぐ春休みなのに零下二十度の寒さがまたやってきて、早朝、ユニの通う小学校からは一時間遅く登校するようにという一斉メールが来ていた。

この寒波の中、今夜九時に仁川《インチョン》を出発し、シンガポールを経由して明日の明け方に着くはずだった場所は、一年じゅうずっと夏の都市だ。軍部独裁によって長く閉ざされていたが、今は徐々に開放されつつある、明るい朱色のサリーを巻いた僧侶が明け方から托鉢をして回る都市。そこで過ごす一週間のために私は夏服と紫外線予防クリーム、常備薬と虫よけスプレーをキャリーバッグに詰めた。ウニ姉さんにメールで頼まれたのは母国語の本二冊だけだったが、都心の書店で選んだ五冊の本と一緒に、焼き海苔と高麗人参エキスも入れてあった。

ウニ姉さんが病気だと知らされたのは昨夜の十時ごろだった。私がいないあいだユニの世話をしに来てくれることになっていた末の妹に電話して旅行は中止したと言うと、妹は驚き、何があったのかと尋ねた。会って詳しく話すからと答えを引き延ばして、私は頼んだ。旅行は取りやめになったけど、急いで行かなきゃならないところができたから、できれば明日早く来てちょうだい。電話を切ってリビングのまん中にしばらく立ちつくしていたが、玄関に寝かせておいたキャリーバッグを開けて、荷物を一つひとつ、もともとあった場所に戻しはじめた。それまで自分の部屋で聞き耳を立てていたユニが、上気した顔で飛び出してきて叫んだ。ほんと？　ほんとにお母さん旅行に行かないの？

ユニが短縮授業を終えて帰ってくるのは十二時半ごろだ。中学の臨時教員をやっている妹は五時までに来られると言った。どこへ行くにしても今は中途半端な時間だ。ノートパソコンの電源を入れて、昨夜編集者に送るつもりだった原稿を読み返してみることにする。だが、最初のページを読み終える前に、これはだめだとわかった。こんなどうしようもないものを書くために長い時間を無駄に費やしたのか。昨夜、ウニ姉さんの病気のことを聞かなかったら、疑いも抱かずにこの原稿を渡して出国していただろう。彼女の病気の知らせが私の意識を突き抜けて穴をあけ、それで突然目が開いたのだ。だが今は、そのことは重要ではない。

何日も寒さがゆるまず、むしろ深まっていき、ソウルの街は寒冷地獄となり、だんだん汚れていった。歩道に積もった雪が溶けず、その上にすすのように汚れやごみや痰などが乗ったまま凍りついていく。滑るまいとすれば、足を上から下へまっすぐにおろして狭い歩幅で歩くしかない。まぶたの裏にちらつくウニ姉さんの顔を意識しながら、私は歩いた。

弟の出棺が執り行われているあいだ、ウニ姉さんは泣かなかった。彼女の母さんは参列していなかった。ウニ姉さんが一人、まっすぐに立って、葬儀社の人に言われた通り盃に酒を満たし、かたかた音を立てながら、箸と匙《さじ》を持ち上げてはおろした（酒とごはんを死者に捧げる儀式の様子。器に盛ったごはんに箸を立て、死者が食べ終わったとされるころ、箸と匙をまとめて置く動作）。二日間で彼女の顔はまるで骨の上に薄い皮を張ったようにやせていた。その短い時間のうちにあらゆる表情がすり減り、なくなり、いかなる感情もこめることができない丈夫な皮だけが残ったようだった。ふとウニ姉さんと目が合ったとき、彼女は私の顔から視線をそらさなかったが、だからといって私を見てもいなかった。気兼ねして先に目をそらしたのは、私だった。

　慣れた足取りで遊歩道に入っていく。平日の午前中だし、突然の寒さのせいで、林のあたりに人影はない。歩道には大小さまざまの足跡が凍りついており、低い垣根がめぐらされた野原の内側では、雪の上に小動物の足跡が点々と残されている。

　あの鳥を見たカーブのところで立ち止まる。ずっと前に鳥は片づけられ、その跡の平らになったところに雪が積もっていた。雪から水分が抜けていくときにできた細かい穴と、その上に針のように散らばった針葉樹の葉を見る。顔を上げて、その葉はモミの木から落ちてきたことを確認する。高く、まっすぐにそびえ立つその木の幹や枝の上でも、雪が凍りついている。空は青く、冷たい陽射しが梢の輪郭を包んでいる。しばらく頭をそらして見上げているうちに、自分がそれらを美しいと感じていることに気づく。冷酷なほど完全に、ウニ姉さんのことを忘れていたと気づく。

ベンチに積もった雪を払いのけて座り、バドミントンコートを見渡す。バドミントンのネットは冬のはじめに、管理人が全部片づけてしまった。きれいな砂が敷かれていた地面は分厚い雪におおわれ、裸になったプラタナスの木々が黙ってコートを取り囲んでいる。

この夏は、あのプラタナスの下でユニとバドミントンをした。二人とも上手ではないので、お互いに精いっぱい高く打ち上げ、余裕をもってシャトルを追いかけて打ち返すというくり返しだった。白い羽根を揺らしながらシャトルが落ちてくるまでのあいだ、私の目の中にいっぱいに満ちていたあの空とあの梢、まともに打ち返したときラケットの中央に感じたあの弾性、惜しくも逃した瞬間にユニと一緒に吹き出したあの笑い声も楽しかった。そうやって汗びっしょりになって帰ってきたある夕方、ウニ姉さんにメールを書いた。姉さんがいるところは、いつもこんな真夏なんだね？　知りたいわ。一年じゅうずっとこんな熱気と汗と日光の中で暮らしたらどんな人間になるのか。ウニ姉さんはいつものように、四日ほど経ってからメールを確認して簡潔な返事をくれた。早く元気になって、チケット取って私の宿においで。自分で体験してみて。言葉では言えないからさ。

大学卒業後すぐに入社して八年近く働いた雑誌社をウニ姉さんが辞めたのは、弟の葬式を出した年の秋だった。ちょっと休みたいという理由だったが、今までより狭い家に引っ越し、車を売り、年末に一人で長期旅行に出かけた。最初の旅行先はネパールだった。アンナプルナが見えるポカラのゲストハウスだけに二か月近く泊まって、ポーターもガイドも頼まずに、一か月近くかかる長いヒマラヤトレッキングコースを踏破した。もともと特に目的のない旅行だったので、気に入ったロッジに出会ったら期限を決めずに宿泊し、一日じゅう氷の山々を見上げていたという。帰国してまもなくわが家を訪れた彼女は、色鮮やかな木彫りの人形と革の鉛筆立てが入った紙包みを私に差し出し、まだ四歳だったユニにしつこく邪魔されながらも、明るい顔であれこれ旅行の話をしてくれた。ユニが昼寝すると、彼女は大したことではなさそうに淡々とこう言った。そのうちまた出かけるわ。帰ってきてみて、そうすべきだってわかったんだ。

ウニ姉さんは旅行好きではなかった。私が同じ職場の後輩として働いていた三年間、彼女は急な長期出張が入ることをいちばん嫌がる人だった。みんながひそかに羨んでいたニューヨーク出張にも、気乗りがしない様子だった。彼女は急がず定時に出勤し、午前中に会議や交渉ごとなどの業務を終え、簡素な昼食をとると会社周辺の住宅街を散歩し、午後から夜までは集中して記事を書くという規則的な生活を望んでいた。実際、外回りのない日はほとんどこのようなリズムで生活していたが――みんながパニック状態になる締め切りの時期にもいちばん冷静だったのが彼女だ――そのために私的な交友関係やレジャーはむしろ犠牲にしていた。

ウニ姉さんは豊かな黒髪で額を隠し、後頭部は男の子のように刈り上げていた。いつも同じその髪型に黒縁めがねをかけた日は、ただでさえ子どもっぽい丸顔が生まじめな女子高生のようだった。インテリアが豪華だったり、おかずの種類が多すぎたりするような飲食店は面倒で嫌だと言い、季節ごとに三着ぐらいの服を決めておいて代わる代わる着た。事情が許せばもっと勉強したかった、研究生活をしたかったと私に言ったことがあったが、たぶんその方が彼女には似合っていただろう。いつだったか、地下道の出口で彼女が出社する後ろ姿を見たことがあったが、忙しく行き交う人々のあいだで、彼女はまるで散歩に出てきた人みたいにゆっくりと、壊れやすい沈黙を保護しているかのような慎重な足取りで階段を上っていた。

そんなウニ姉さんがネパール旅行を皮切りに、一年の半分以上を国外で放浪する人になるとは予想もできない変化だった。さらりと綴った淡々とした文章ときれいな写真をまとめた彼女の本は、着実に売れていった。「氷の旅」というサブタイトルのついた最初の本は、雲南省とチベット、ネパールの雪山とそのふもとの村々の旅行記だった。氷の峰々を背にして、東チベットの少数民族の色鮮やかな帽子をかぶったウニ姉さんの微笑を浮かべた横顔が、本のカバーの折り返しに載っていた。二冊めの本のサブタイトルは「砂の旅」で、タクラマカン砂漠やゴビ砂漠周辺のオアシス都市の旅行記だった。望遠で撮ったカバーの折り返し写真では、ウニ姉さんは白いだぶっとした木綿のシャツを着て、つば広の麦わら帽子で顔をほとんど隠し、砂丘の下に立っていた。その本の最後に彼女は、次はアジアでいちばん暑い国々を経験してみたいと書いていた。氷—砂—密林という旅の順序は自分には論理的だと思えるが、それは自分だけのことらしいと冗談っぽく書き添えていた。予告通り彼女は三年前、ユニが小学校に入学した春にインドへ旅立った。私がわずかな症状を覚えて病院に行き、思いがけず闘病生活を始めたのと同じころだった。

一年ぶりにインドから帰ってきたウニ姉さんは、ただでさえ小柄だった体がさらにやせ、頑丈になっていた。一階のカフェで私を待っていた彼女はにっこり笑って立ち上がったが、すぐに顔をこわばらせた。

どうしたの、その顔？

私はこれまでの闘病――五か月前に四回めで最後の抗がん剤治療を終えたところだった――について、きちんと順序立てて話したが、その過程で彼と別れてユニと二人になったことは言わず、次回に話すことにした。運良く経過は良好で、何年か前に親戚に勧誘されて仕方なく加入していた保険にとても助けられたと言って話を締めくくったとき、ウニ姉さんは何も答えずに私をまっすぐに見た。日焼けした肌のせいか、瞳がとても黒く見えた。視線が私の心臓をまっすぐ突き刺すようだった。

私へのメールにはいつも、体に気をつけてって書いてたくせに。

その刺すような目をそらして、ウニ姉さんはカフェのガラスのドアの外に停まっている車たちを見つめた。そのまなざしがとても強く感じられたのは、涙のためだったとそのときわかった。

もたもたと、謝るように私は言った。

もう、全部、終わったことだから。これから四年ぐらい気をつけて経過を見ていけばいいんだって。旅行の話をしてよ。インドはどうだった？

二人はまた視線を合わせ、どちらからともなく少し笑った。

そうだね、こんどのは旅じゃなかったんだ。ただ、そこで暮らしてたんだよね。

だったら、暮らしてた話をして。

……インドの旅行記のどれを見ても出てくる求道的な雰囲気みたいなものは、私、全然感じなかったな。あえて特別なことがあるとすれば、隠されたものがないってこと？　例えば、死についてもね。あそこでは、死体を外で焼くでしょ。

そのとき子どもっぽいアルバイトがオーダーを取りにきた。私がメニューを広げて飲みものを選ぼうとしているのに、ウニ姉さんはまわりのことは全然気にせず、はっきりと話しつづけた。

人を燃やすときいちばん最後まで燃えるのが何かわかる？　心臓だよ。夜に火をつけた体は一晩じゅう燃えてるんだ。明け方に行ってみたら、心臓だけが残ってて、じりじり、煮えてたの。

その話のせいで、あの日ウニ姉さんが聞かせてくれたほかのことは全部忘れた。

まだわからないのよ。

あの、じりじりと沸きたって、最後の脂肪が燃えつきようとしていた心臓を見たとき、どうして私の手がひとりでに自分の心臓の上に行ったのか。

そのとき初めて、ウニ姉さんみたいな女性を書きたい、と思ったのだろう。明け方、まだ明るくなる前、死体が灰になり、骨の集まりになり、まっ白く残ったそこでまだじりじりと沸き返っている心臓。それを見た瞬間に自分の心臓に手を当てる一人の女性。彼女が顔を上げると、恐ろしいほどよく知っている顔なのだ——閉じた目、目立つ頬骨、黒く生気を失った私の唇が、日焼けしたその肌に刻まれているようだった。

林の道から折り返して歩きながら考える。

この道が私の空気穴だった。どんなに寒くても暑くても、雨や雪が降っていても、体を動かせないほど具合が悪いとき以外は毎日、この遊歩道を歩いた。歩くときには、できるだけ何も考えていない状態を保とうと努めていたが、ある人々に関する記憶はしょっちゅう蘇った。

医師の診断を聞いた直後、私の人間関係は、ずっとつきあえる人と、無理をしてまで会いたくはない人たちに分けられた。ほとんど直感的にすばやくなされたその圧縮の過程で、ウニ姉さんはずっとつきあえると感じた数少ない一人だった。

手術を控えていた晩春の日、この道を歩きながらウニ姉さんのことを考えていたのを思い出す。しばらく前にインドに出発した彼女にまた会えるなら、ここに連れてきたかった。足の裏を指圧するためにここに敷かれた白い尖った石を、裸足で踏んで歩いてほしかった。彼女に言いたかった、ユニはこの石の形が鳥みたいだって言うんだけど、姉さんにもそう見える？　と。しょっちゅう電話したかったけど、姉さん自身が大変そうで、それでちょっと気おくれしてしまってできなかったと。週末に呼び出して、何でもいいからごちそうしたかったのだけど。蒸したエビをもち米で作った薄い皮で巻いた料理を出す中国料理店に誘いたかったけど、できなかった。だけどそうこうしているうちに姉さんが旅行をするようになって、よかった。心の重荷をすっかりおろすことができそうだったから。

言い訳しておきたい。

ウニ姉さんに似た女性に関する小説は、彼女が帰ってこない、という一文で始まる。それだけは書いたものの、一度も行ったことのない熱帯地方の感じが頭では想像できなかったから、回復してから初めての旅行を計画したのだ。私の計画をメールで受け取ったウニ姉さんは、嬉しそうに返事をくれた。わくわくするわ、ほんとにあんたがここに来るなんて。

昨夜編集者に送ろうとしていた、これはだめだとわかった小説を書いているあいだも、私はずっとその女性に関する新しい小説のことを考えていた。ちょうどいい旅行会社を検索してチケットを予約し、資料を集め、日程を組み、毎晩少しずつ荷造りをしていたこの一か月は私にとって、彼女が帰ってこない、という単純な一文と同じくらい静かで明るい時間だった。だからそれは、あのとき私に書き上げることのできたいちばん軽くて、静かで、明るい文章だったというだけのことだ。

十四年前、初めてウニ姉さんと会った。最初から親しくなったわけではなくて、私が小説を書くために職場を辞めて以降、楽につきあえる仲になったのだ。二人とも外向的な性格ではなく、互いに心を打ち明けるようになるまでには時間が必要だった。

どんな人間関係にもありうる誤解と幻想が、彼女と私のあいだにもあった。例えば、ウニ姉さんは私を実際よりもたくましい人間だと思っていた。あとになって私がユニと二人きりになったことを打ち明けたとき、彼女は言った。変ね。私の頭の中のあんたはすごく頼もしい、強い人だったのに。韓国のことを考えるとき、あそこでしっかり立っている人は、間違いなくあんたぐらいだと思っていたのに。

それと同じように、私にとってのウニ姉さんはわけても繊細で、おっとりした生き方の人だったが、彼女は自らの手でその印象を打ち壊し、強気で無謀で、一人残された母さんに対しては冷酷だと思えるほど無情な長期旅行者になった。しかし、最初の印象というのはなかなか消えないもので、彼女が何気なく笑ったり歩いたりする姿を見守っていると私はふいに、地下道の階段を駆け上がって出勤していた二十三歳の社会人初年兵に戻ってしまうことがあった。あの繊細な足取りを壊してはいけないと思って声をかけられなかった、彼女が持っている尊い何かが、私にとっても同じように尊いと感じていた、あの、汚れていなかった時代に。

室内の暖かい空気で体がほぐれたのを感じながら、昼食を準備する。ときどき、適当にすませたいという誘惑も感じるが、手術後三年近く経った今まで、一食もおろそかにしないという原則を守っている。油を使わずに炒めたエリンギと湯通しした豆腐、二種類のナムルと玄米ごはんを茶碗に半分。ちょうどそれを食卓に並べたとき、ユニが玄関の番号キーを押す音が聞こえる。

濡れた手をエプロンで拭きながら玄関に出ると、朝出ていったときよりもマフラーをいい加減に巻き、頬を赤くしたユニが入ってくる。

寒かったでしょ、と聞くとユニが答える。

朝はほんとに寒かったけど、今は普通。

私は両手を子どもの頬に乗せて離す。うっすらと凍った桃みたいだ。

お母さん、いつ出かけるって言ったっけ？

スリッパをはかずに浴室に入っていったユニが、上の空で手を洗いながら聞く。

五時ごろ。あとで、おばちゃんが来たらね。

どこに行くんだっけ？

お母さんのお友だちのところ。

ユニはウニ姉さんをよく知っているが、私はそう答える。


私が昼ごはんを食べているあいだ、ユニは果物の皿が置かれた食卓の向かいに座って、最近熱中しているトランプの手品を始める。カードの束のいちばん上にあったジョーカーがいつのまにかいちばん下に行っており、確かにカードの束の中間に入れておいたスペードのエースがどういうわけでいちばん上に来ているのか、いつもながらふしぎだと思っているうちに、冷えきっていたユニの頬がもとの色に戻る。

じゃあ、心理ゲームをやってみるね。

それなあに？

トリックなしで、質問だけで相手のカードを当てるの。

ユニはスペードのエースとジョーカーとハートのエースを食卓の端に置き、カードを一枚思い浮かべてねと私に言う。

これから私がする質問には、ほんとのこと答えてもいいし、嘘を言ってもいいよ。お母さんが答えるところを見て、お母さんが思い浮かべたカードを当てるから。

そんなことどうやったらできるの？

簡単だよ。これがお母さんが考えたカード？ って聞いて、お母さんが違うよって答えたときにお母さんの唇が震えるとか、目が別のところを見るとか、答えがすぐ出てこないとか、そういうの見るんだよ。そのあいまあいまに、答えがわかってることも聞くの。お母さん、朝ごはん食べた？ って聞いたらお母さん、当然、うんって言うでしょ？ そうやって、ほんとのこと言うときと、嘘を言うときの表情をくらべていくの。

つまり、お母さんを尋問するんだね。

そんなんじゃないよ。心理ゲームだってば。

わかった、やってみよう。

お母さん、このカードのこと考えた？

違う。

このカード？

うん。

このカードのこと考えた？

うん。

ユニの目が揺れ、私の目も揺れる。私は大きくうなずいたり、目で笑いながら左右に首を振ったりする。ユニはかなり真剣に私の反応を観察するが、私が思い浮かべておいたカードは結局当てられない。

交代してみる？

いいよ。

またユニの目が揺れ、私の目も揺れる。子どもは嘘がへたなので、私の方が有利だ。食事はもうずっと前に終わってしまい、残った料理が冷めてしまうまでに私は何度もユニをだまし、ユニはついに私をだますことができない。尋問と尋問のあいだで突然怖くなったり、寂しくなってしまうのが嫌だから、私たちはくだらない鼻歌を歌う。くだらない言葉遊びをする。ばかみたいなお互いの顔を見て、笑う。


リビングのテーブルいっぱいに宿題を広げたユニが片手でずっとカードの束をいじっているのを、そろそろやめさせるべきかなと思いながら、デスクに向かって座っている。妹が来たらすぐに出られるように、外出着を着てバッグの中身も準備してある。何か読んだり書いたりするほどの時間はないので、デスクの上の壁に貼った絵をじっと見ている。昨年末に行った、K先生の展覧会でもらった図録を切り抜いたものだ。

高齢のせいというよりは年季の入った抑鬱状態のために、K先生の動作は会うたびに重くなっていく。そんな重くのろのろした動作で腕を伸ばし、図録を私に渡しながら先生が言った。

コーヒー飲みに行こうか。

いいですね、私、ごちそうしますよ。

そんなわけにいくかい。遠くから来てくれたのに、私が出さなきゃ。

ギャラリーからいちばん近いその古びた喫茶店には大きな壁かけ式のテレビがあり、夏に録画しておいたらしいヨーロッパのプロサッカーの試合の中継がやかましく鳴っていた。その騒ぎが少しも聞こえないかのように、K先生は低い声で私に問いかけた。

二階に展示してある心臓、どうだった？　娘が二、三日前に来て見ていったんだけど、こんなこと言うんだよ。お母さん、これは心臓じゃないね、これは絵でもないよねって。

ショートカットの白髪を耳の後ろに撫でつけながら、先生は苦笑いをした。

それで私、答えたんだよ。違うよ、これは私の心臓だし、これが私の絵なんだって。

K先生のやせ衰えた顔の上に、ウニ姉さんに似た女性の顔が重なったのはそのときだった。明け方の闇の中で、燃えている心臓を見おろしている日焼けした顔が、いつにもましてはっきりとまぶたの裏に現れた。

先週、友だちの展覧会に行ってきてね。ほんとは私、その人の作品を認めたことはなかったの。アイディアが優れているだけだと思ってた。だけど、その展覧会は奇妙だったわ。がらんとした展示室にぐるっと、子どものノートぐらいの大きさの白い額縁がかかっていてね。額の中に入ってるのは白紙なの。でもよく見たら、そのすみっこに小さい字で……〇・三ミリのシャープペンシルで書いてあったんだよ。私の手、私の目、私の心臓って、そんなふうに。

尋問されている人のようにK先生の目が一瞬揺れた。目元がぴくぴくして、唇が震えた。

私の心臓。その字を見て、私、倒れそうになった……どんな感じだったかわかる？

私は首を横に振った。

私は何か月もかけて、自分で自分をこね回して、心臓でもなければ絵でもないものを描いていたのに。あの人は、〇・三ミリのシャープペンシルで、あんなに小さく、あんなに痛く、私の心臓、って。

その夜家に帰ってきて、私は図録の最後のページに載っていたその絵を切り抜き、デスクの上の壁に貼った。それをまじまじと見てからノートパソコンの電源を入れ、白紙の文書を呼び出した。私の心臓、とタイトルを書いたあと、一行あけて、そのときに書けたいちばん簡潔な文章を書いた。彼女が帰ってこない。そこから次の文章に進むことができなかった。〇・三ミリのシャープペンシルとクレヨンを同時に握りしめているような混乱のために。

あの絵の表面には、さまざまな色の線がクレヨンで引かれていた。紙がぼろぼろになるほど重ねられた線によって、一人の人間のいちばん暗い部分が、いかなる適切な距離を置くこともなく、肉眼で見える地獄といった様子で浮かび上がっていた。巨大な、ぞっとするようなそれらの絵の横に、K先生は「私の心臓」という同じタイトルを、通し番号をつけずに何度も添えていた。何十分の一かに縮小した図版でも伝わるほど圧倒的な苦痛の形だ。

それはどこまでも、K先生が長年の苦痛に打ちのめされた痕跡というだけだったのに、黙々と見ているると、まるで私の過去三年間をすりつぶして、そこになすりつけてあるように感じられた。私が絵を見ているあいだ、絵もじっと私を見つめている。互いの視線は食い違い、互いが、見えないところを探り見ていた。


無意味な尋問と返答のあいだで、あきらめと幻滅と敵意とともに互いの顔を冷たく凝視する時間。

目が揺れ、唇が震える時間。

私の死の中に決して彼が入ってこられず、私が決してその命の中へ入っていけなかった時間。

それらのすべてがもはや重要ではなくなった時間。

ただ生が、生だけが欲しいと、誰にであれ、何にであれ這いつくばってでも乞いたかった時間。

そんな時間はまだ、十分に遠くへ行っていなかった。砂浜の向こうにある海のように、まだすぐそこでゆらゆらし、音を立てている。まだ海水に濡れたままの土のような体が、すべてをはっきりと覚えている。

いつかそんな時間についてウニ姉さんに話したかった。家族にも打ち明けられなかった迷路のような思いを、ウニ姉さんだけは理解してくれるかもしれないと思ったから。彼女が四回めの旅に出る前に訪ねてきて一泊していったとき、機会はあったのに、とうとう言い出せないままだった。

その夜、ユニは居間でぐっすり眠ってしまい、ウニ姉さんは私が出してあげたジャージに着替えてソファーに体を埋めていた。私はソファーの向かいの棚にもたれて座布団に座り、脚をぐっと伸ばした。夕方からずっと一緒にハーブティーを飲んでいたが、三回めのポットがすっかり冷えていた。もう寝る時間、これ以上話をしなくてもいい時間だった。私と同じく老けて見え、私と同じく疲れて見えるウニ姉さんの顔を眺めやりながら、寂しい気持ちになったことを思い出す。関係に時間が染み込んでくることについて、十年以上にわたる厚い時間の層の上でお互いを見ていることについて、ちらっと考えたのだと思う。気が重くなってくるのが嫌で、私は唐突に言った。

これからは髪、伸ばそうと思って。腰に届くぐらいに。もっと年を取る前にそうするの。

そう？　私は、切っちゃおうかと思ってるんだけど。

切るの？　どれくらい短く？

こんどミャンマーに行ったら、お坊さんみたいな生活してみようかと思ってね。

仏教徒でもないのに。

ちゃんと真似したら、けっこういけるかも。

ＣＭに出てくるオレンジ色の法衣、着るの？　片手に携帯持って？

気の合う女子高生どうしのように私たちはきゃあきゃあ笑った。

そんな生活してたら、本当に帰ってきたくなるかもね。

快活に聞こえるぐらい何気なく、ウニ姉さんが言った。

帰ってきたら、もうちょっと別の生き方、してみるかも。

別ってどんな？　私が尋ねると彼女は黙って、目だけで笑ってみせた。


まもなくウニ姉さんは本当にミャンマーへ発ったのだが、あの夜言ったように僧侶になりはしなかった。旅行者としてヤンゴンや、インヤー湖や、バハンの巨大な寺院群のあたりでゲストハウスの一間を借り、数か月ずつ滞在していた。そのようにして一年経ち、乾季が終わりかけた二月の第三週の木曜日、つまり明日の明け方五時に、ヤンゴン空港に私を迎えに来てくれる予定だった。


エレベーターが止まる機械音がしたかと思うと、元気のいい靴音と服がこすれる音がやけに大きく聞こえてきた。妹がブザーを押す前に私は鍵を開け、ドアを開ける。

ごめん！　ちょっと遅れた。

アイボリー色の長いダウンコートに、同じ色のポンポンつきのニット帽をおしゃれにかぶった妹がにっこり笑いながら入ってくる。男の子みたいな大声で、ユニ、と呼ぶ。にわかに、妹の肩を抱きたいという衝動を私は覚える。

おばちゃんこんにちは、とユニが駆け寄って挨拶しているあいだに私はコートを着る。上の空のユニに念を押す。

お母さん、明日の夕方帰ってくるからね。明日の朝は早起きして、おばちゃんとごはん食べて、学校行ってね。電話には出られないかもしれない。

いったいどこ行くの、と妹が目を丸くして尋ねるのを私は正面から見る。そしてとうとう、ウニ姉さんが死んだの、と低い声で言う。

彼女に話してみたかった。

明け方まで燃える心臓を彼女が見守っていたその年、迷路のような思いの中で、私が手探りでつかみとりたかったものについて。

本当に時間が与えられたなら、別の生き方をしたいと。
ハンマーで頭を殴られる動物のように死なないために
こんどは、恐れないでいられるための準備をするって。
私の中にあるいちばん熱い、いちばん本当のこと、いちばん澄みきったもの。
それだけを取り出すのだと。

恐ろしいほど無情な世界に向かって、
いつでも何気なく私を捨て去って顧みない生に向かって。

日が暮れてさらに冷え込んだ街を歩く。

明かりの灯った二十四時間営業のコンビニを通り過ぎ、強い酒を買ってあおりたいと思う。この三年間、私は一滴の酒にもコーヒーにも口をつけなかった。要観察の時間はまだ二年も残っている。原則を破るわけにはいかない。


あの夜、冷めたティーポットをあいだに置いて私たちがした夢の話を思い出す。私がまず、あのころくり返し見ていた自分の夢についてウニ姉さんに話したのだ。

私、旅行が好きでもないのに、どうしてしょっちゅう旅行の夢を見るのかな。全部姉さんのせいだよ。

くり返し見ているその夢の中の時刻はいつも同じで、午後の三時ごろだった。私はユニと一緒に知らない街に来ている。そこにいられる時間は一日だけなのに、あれこれわけがあってまだ宿から出られずにいる。部屋には窓がなかったり、前の建物が迫っていて眺めが悪かったり、殺風景な空き地に面していたりする。どこか観光に行こうとしたらかなり時間がかかるはず、ここまで来て宿にばかりいるわけにいかない、このまま夜になったらだめじゃないのと焦りながら時計を見たところで、目が覚めたりしていた。

冗談っぽく笑いながら話したのに、ウニ姉さんは思いのほか真剣に答えた。

……だけど、それ、旅行の夢ではないみたい。

その瞬間気づいた。何気なく打ち明けたその夢が、どんなに赤裸々な告白だったかということに。今私がいる地点が、午後三時だということに。もう時間が残されていないということに。一度しかない一日をぎゅっと握りしめたまま、どうしたらいいのかわからず、握りつぶしてきてしまったのだということに。

沈黙を慎重に破って、ウニ姉さんが言った。

私も、そんなのがある。何年か前からよく見る夢。


……もう夜も遅いのに家に帰れないっていう、よくありそうな夢だよ。一山《イルサン》に引っ越してからずいぶんになるのに、夢で帰っていく先はいつも水踰里《スユリ》の昔の家なの。三陽洞《サミャンドン》のどこかからもう迷ってるんだ。最近開発されたニュータウンじゃなくて、くねくねした急な坂がからまりあった路地でね。急に大通りが現れて、もう街灯はかなり消えていて、バスもタクシーも人もいないのよ。まっ黒いアスファルトの上を戦車みたいにごついトラックが怖いくらい疾走していてね。また路地に戻るとすごく寒くて、人もいなくて、足が痛くて。

そのときある家の台所から、水仕事をする音が聞こえて、窓をのぞいてみると若かったころの母さんに似た女の人がいるの。きれいで、胴が細くて、優しそうに笑う女の人。その人が入りなさいって戸を開けてくれて、手を出してみろって言うの。私が手を差し出すと、女の人がひしゃくにお湯をくんで少しずつ流してくれるんだ。手を洗い終わると、その人がはにかみながら部屋に案内してくれるの。明るくなるまでちょっと寝ていきなさいって。

戸を開けて入ったら、ああもう、恐ろしい。狭い部屋で、床には何も敷いてなくて黒い土間が広がっているだけなんだよ。土の上に、とんがった陶器のかけらの先が頭を出してて、窓にはガラスが入ってなくてぽっかり空いてるの。山裾の明かりがそのまま見えるのよ。寒いし、足も痛いのに、陶器のかけらが刺さりそうで座ることもできない。あんなに優しそうに迎えてくれた女の人が、どうしてこんな怖い部屋に私を連れてくるんだろう。あの人が台所で水仕事をしている音が聞こえてきて、震えながら私は自分に言うの。明るくなったらすぐに出ていかなきゃ。ここにこのまま立っていて、明るくなったらこっそり出ていこうって。

言い訳していいだろうか。

あの夢の話を聞き終えたとき私は何かを理解したが、そのことをウニ姉さんには言わなかった。彼女が私の夢を聞いて理解したことを私に言わなかったように。

そんなことはもうやめてと、あのとき言えたらよかった。そんなふうに生きないで。私たちに過ちがあるとすれば、初めから欠陥だらけで生まれてきたことだけなのに。一寸先も見えないように設計されて生まれてきたことだけなのに。姉さんの罪なんて、いもしない怪物みたいなものなのに。そんなものに薄い布をかぶせて、後生大事に抱いて生きるのはやめて。ぐっすり眠ってよ。もう悪夢を見ないで。誰の非難も信じないで。

だけどそのうち一つだって、私は口にすることができなかった。ずっと前に一度だけしたように彼女の肩を抱くこともせず、手も握らなかった。ただ、ウニ姉さんが自分の力で赴く土地の夏が彼女を救ってくれると信じた。私に言えたかもしれないどんな言葉よりも強烈な熱気とスコールによって、水を含んで生き生きと咲き誇る熱帯の花と樹木によって。


ウニ姉さんの母さんと叔母さん、年下のいとこたち、女子高時代の親友だったという人に同行して、朝の火葬場に到着した。彼女の心臓は、一晩じゅう煮えたぎる代わりに二時間で全焼した。誰も泣かなかった。足が不自由な彼女の母さんは、誰かが持ってきた三脚椅子に腰かけ、薄皮でおおわれたような無表情な顔で宙を見つめていた。ときどきいとこたちが片手で口元をおおい、仕事関係の電話をしてはすぐに切った。

死因はデング熱だった。現地の人たちにとってはちょっと重い風邪程度のよくある病気だし、ウニ姉さんも大したことと思っていなかったらしい、という。しかし、熱が下がるにつれて全身に発疹が広がり、現地の医療施設の劣悪さを警戒した彼女は、五日前に一人で飛行機で帰ってきた。乗務員の連絡を受けて空港で待機していた救急車に乗せられて入院したが、二日間の死闘の末に息を引き取った。デングショック症候群（デング熱のうち、デング出血熱、さらにショック症状を伴うものを指す。重症化すると重篤な血漿漏出、出血、重い臓器障害を起こす）によって内臓のかなりの部分はすでに手がつけられないほど損傷していたと、医師は診断した。

日暮れどきになってやっと帰宅し、まともに入浴もせずに眠った。ユニが呼ぶ声、起こしちゃだめよと妹がなだめる声を聞いたのが現実だったのかどうかはっきりしない。ふっと眠りが浅くなるたびに、林の遊歩道のことがちらりと頭に浮かんだ。一日二回、体が動く限りは歩いていたあの道沿いに白いシャゼンソウの花が咲いている。柳の木には、かぼそい葉が萌え出している。まぶしい陽射しが帰ってくる。白い、また首の長い、あるいはくちばしの黄色い鳥たちがやってくる。生命たちがやってくる。もう少し持ちこたえることができるなら。後悔、苦痛、深く突き刺す自責の思い、消えない顔たちに背を向けて、あともう少しだけ。

とうとう目を覚ますと、明け方のまだ暗い時間だった。熱があるのだろうか、目元と頬が熱い。いつから隣にいたのか、ユニが規則正しい息をしながら眠っている。洋服かけを手探りしてカーディガンを羽織り、音を立てないようにしてリビングを出ると、ユニの部屋のベッドで妹が小さく鼻を鳴らして寝息を立てているのが聞こえる。

ベランダの外の冷たい暗闇をしばらく眺めてから、デスクの前に座る。ノートパソコンが起動するまでのあいだに、ゆっくりと顔を拭く。「私の心臓」とタイトルをつけたファイルを開くと、たった一行の冷え冷えとした文章が私を待っている。彼女が帰ってこない。この文章を消して私は待つ。全力で待つ。あたりがほの青く明るくなる前に、彼女が回復した、と最初の一行を私は書く。

回復する人間

회복하는인간

あなたは、直径一センチ少々の二つの穴を見つめている。

あなたの腫れ上がった左右の踝の下、すねからおりてくる靭帯が足の甲にぶつかってちょうど曲がるところに、その穴はあいている。左の穴の中に見える薄い灰白色の物質を指して、医師が言う。

どうして火傷したときすぐに手当てをしなかったんです？　右はまだいいですが、左の方の皮膚組織はかなり深刻な状態ですよ。

三十代後半の医師は高校生のように髪を坊主刈りにしている。土曜日の午後だからか、白衣はもう糊が落ちてくたくたになっている。

麻酔して、そこを切除する手術をすべきなんですが、その前にしばらく置いて様子を見てみましょう。遅すぎるとはいえ、今からでも環境を整えてやれば組織が再生する可能性もありますからね。

手術という言葉にちょっと怯えたあなたは尋ねる。

では、手術をすべきかどうかはいつごろわかりますか？

これから三日間……

医師はカレンダーに目をやる。

抗生物質を飲んでもらって、レーザー治療をしながら経過を見てみましょう。

医師のブルーブラックの万年筆がカルテ用紙の上を目まぐるしく走るのを、あなたはじっと見つめる。あなたに対応する医師の態度は淡々として冷たい。五日も前に火傷したのに何の手も打たず、細菌感染を起こしてからやってくる患者がまるで理解できないという目つきだ。

消毒したところがむき出しの状態で、あなたは片足を引きずりながら診察室を出る。ズボンを膝までまくり上げ、ノートパソコンを入れたバッグを背負い、片手に傘を持ってかがみ、足のつま先だけに靴を引っかけたあなたを会計窓口の看護師が呼ぶ。傷口に靴が当たらないように注意しながら、あなたは窓口へ歩いていく。レーザー治療費と湿潤テープ代は保険適用外だという説明を聞く。支払いを終えて処方箋をもらったあと、またもやつま先だけに靴を引っかけて歩く芸当をやった末、通路の端にあるレーザー治療室の前にたどりつく。

あのー、もう一度消毒していただいた方がいいのでは？

傘を持った人たちのあいだを通ってきたばかりのあなたが尋ねる。子どもっぽい顔をした看護師は、大したことじゃないと言いたげに答える。

消毒はもう先生がしてくださったでしょう？　レーザーにも消毒効果がありますから、心配ありません。

あなたは診療用ベッドの上に両足を乗せる。卓上用の三波長蛍光灯スタンドを十倍ほどに拡大したような形のレーザー治療器が、網目状の赤い光線を放ちはじめる。光線はあなたの両足だけでなく、ベッドのまっ白いシーツまで含めたかなり広い面積を、小止みなく放射状になめていく。

目が悪くなりますから、見ないでください。

看護師がたしなめて出ていくが、あなたはそんな注意にも上の空で左踝の穴をのぞき込む。灰白色に化膿した組織の上でうごめく赤い血管のような光線の動きから、目を離すことができない。


晩秋の土曜の午後の人波が、病院の前の四つ角でざわめいている。午前中に降っていた雨は完全にやんだ。短いウールのスカートにレギンス姿の若い女たち、バスケットボールとコーラの缶を持ち、制服のシャツの袖をまくり上げた高校生たちがあなたの体のぎりぎり間近をすれ違う。彼らの体から濃い香水と汗の匂いがする。化粧品のサンプルがぎっしり入ったプラスチックのかごを持って愛想笑いを浮かべているアルバイトたちを避けようとして、あなたはずっと下を向いている。工事中の地下道へと歩いて降りていく。携帯電話の割引販売をしている地下の売店を通り過ぎる。終わりがないように思える階段を上っていく。

あなたはしょっちゅう忘れてしまう。さっきまであなたがどこにいたか、何の治療を受けていたのか、今はどこに向かって歩いているのかを忘れる。地下道の出口を抜け出すや否やあなたは立ち止まる。ドアがすっかり開け放たれた電子製品売り場から鳴り渡る音楽のビートや、休みなくアスファルトを掘削している機械の、耳にびんびん響く騒音に魂を奪われる。急に気を取り直し、処方された抗生物質がパソコンケースの内ポケットに入っているかどうかを指先で確かめる。

あなたはもう忘れている。自分がどんなに気の利いたジョークを好む人間だったか、服装にも自分なりに気を遣う人間だったかを忘れている。背が低いのでいつもヒールの高い靴をはき、自由な感じの明るい色の服を着て、白や黄色系統のスカーフを巻き、優しく目尻の下がった目元にはいつもかすかないたずらっぽさを漂わせていたことを。

首までおおう黒いセーターに黒いウールのジャケット、黒いコットンパンツに黒い靴をはいたあなたは小学校高学年の子どもぐらいに小さく見える。化粧はおろか唇にリップクリームも塗っておらず、とうに三十歳を過ぎた年齢がそのまま現れている。


あなたが両足首に火傷を負ったのは五日前、左の足首をくじいた翌日だった。

鍼を打たねばならないほどひどくくじいたわけではなかったが、あなたは近所の韓方医院（東洋医学による治療を行う）を訪ねた。おしゃれな伝統衣装風スカートをはいた五十代半ばの医師に、あなたは言った。

以前、右の足首をねんざして、大したことないと思って放っておいたら今も調子が悪いんです。こんどの左足はちゃんと治療しておきたいと思いまして。

医師はあなたにベッドに横になるように言い、左右の足首の両方に鍼を打った。

目の下のくまがずいぶん濃いですね？

あなたは淡々と答えた。

疲れてるんです。

足首をくじいたのはなぜですか？

登山をして……

医師は鍼を打ったところに赤外線灯を当て、看護師を呼んだ。

看護師がお灸をします。米粒ぐらいのもぐさを揉んでここにお灸をすれば、右足の慢性化した痛みも治りますよ。

医師はサインペンを取り出し、あなたの左右の踝の靱帯のところに大きく点を打ち、お灸を据える位置を示した。

直接灸だから熱いです。でも、ちょっとの間《ま》ですから。いいですよね？

特に疑いもせず、あなたははいと答えた。

皮膚が焼けるまで火のついたもぐさを載せておくのを直接灸と呼ぶのだと、その日あなたは初めて知った。がまんするつもりだったが、あなたは悲鳴を上げた。優しい刑吏のような看護師は、大丈夫、すぐ終わりますよとあなたをなだめた。左足首の皮膚も焼けてしまうまであなたはずっと叫びつづけ、そして突然、自分ののどから出ている声があなたの姉さんにそっくりだということに気づいた。うっかりしてちゃんと締めなかった蛇口から漏れる水のように、際限なく静かに流れつづけるあなたの涙を見て看護師はあわてた。手探りで靴下をはき、靴をつっかけ、カードで支払いを済ませ、韓方医院を出てエレベーターに向かって歩いていくときも、あなたの涙は止まらなかった。

韓方医院に行った翌日から、あなたは仕事に没頭した。予定外に四日休んだあとだったので、仕事はたまりにたまっていた。あなたは夢うつつで歯を磨き、五分間で大急ぎでシャワーを浴び、髪を乾かす暇もなく、企画会議に遅れないようバス停まで走った。いつマザーボードが壊れてしまうかわからない重さ二キロの古いノートパソコンを背負い、図書館やカフェを転々としながらラジオ番組の台本を書いた。目を開けていられなくなるとコーヒーを飲み、熱くなった携帯電話を握りしめて出演者と交渉し、収録のあいだじゅうずっとスタジオのコンピュータの前を離れずに番組をまとめた。

そうこうするうち、左足首のお灸の痕に水泡ができてふくらみ、靴下の中で水泡が破れ、その場所が細菌感染を起こしてまっ赤に腫れたことに気づかなかった。傷がずきずきしたときも、くじいたところが痛むのだろうと思っていた。土曜の朝の録音室で痛みに耐えられなくなり、靴下を足の甲までおろしてみて初めて、あなたは事態が深刻であることを悟った。ちらっと傷を見た快活なプロデューサーが、あなたに一部始終を聞いて、開いた口がふさがらないという顔をした。

チョンさん！　あなたとしたことが何です、それは。どんなに小さい火傷でも、手当てすべきときにしなかったら怖いことになるんですよ。手や足を切断するようなことにでもならないと、わからないのかな？

今あなたはバス停で、透明なアクリルの壁にもたれて立っている。アクリルの壁に色とりどりの活字で描かれた、近所の美容外科の広告コピーを何気なく読む。愛さえあれば、ちゃちな指輪でもいいんですか⁇　5カラット‼のダイヤが羨ましくありませんか⁇　新しい人生の始まり‼　グランド整形外科。すぐには理解できなくて、もう一度ゆっくりと読む。それぞれ二個ずつ振られた疑問符と感嘆符を見て、顔を上げる。

何番だっけ。

そんな単純なことを思い出そうとして、あなたは眉をひそめる。何番のバスに乗れば家に帰れるのだったっけ。

よく知っている番号だもの、いざバスが現れたらすぐに気づくはずだとあなたは信じている。しかし、異なる番号のバスが十台以上停車しては発車するのをあなたはただ見守っているだけだ。こんなことは初めてだ。どの番号にも見覚えがない。すべての数字が力を合わせてあなたを追い払おうとしている。そしてあなたはやっと悟る。両親の家に行くべきだという心の負担が重すぎて、あなたのワンルームに連れていってくれるバスの番号を思い出せないのだということを。

あなたは知っている。この週末、あなたは両親を慰めに行かなくてはならない。あなたが無理に二人を励まさなくても、残された子が一緒にいてくれるだけで彼らは慰められる。

しかし今、あなたはそれをしないですませようとしている。

一人でいたいのだ。

あなたの姉さんが病気と闘っていた最後の三か月、あなたは彼女にほとんど会えなかった。彼女がそれを望まなかったからだ。それはもちろん、あなたと彼女がずっと前から疎遠だったためだ。たった一人の実の姉だが、彼女の容態についてあなたは母さんから聞くことしかできなかった。

あなたの姉さんは目立ってすらりと背が高く、目鼻立ちがはっきりしていた。みんな、平凡な容姿のあなたが姉さんに劣等感を抱いて成長してきたのだろうと想像していたが、そうではなかった。劣等感を持っていたのは姉さんだった。

あなたが理解できなかったのは、彼女が嫉妬したのが例外なくあなたの欠点だったということだ。あなたのくそまじめで頑固なところ、そのために進学の際、ぱっとしない学科を選んだこと、三十歳を過ぎてもまともな恋愛一つしたことがなく、両親との――特に父さんとの――関係がよくないため経済的援助を受けられずにいること、そんなこんなで、この歳になっても賃貸のワンルームで不安定な生活をしていることに彼女は嫉妬した。姉さん自身は、堅実な会社を経営する、容姿にも恵まれた七歳年上の男性と結婚し、リビングから川を見渡せる高級マンションで暮らし、遠い国の王室で使っているような食器を飾り棚に並べていたが、まるで嫌いな匂いのする料理を遠ざけるように、自分の人生を遠くに追いやっているように見えた。

いつだったかあなたは自分に問いかけたことがある。

どこで、何を間違えたんだろう。

あなたと姉さん、二人のうちどちらが冷たい人間だったのかと。

あなたが大学一年生、姉さんが四年生のときのことだ。学期末の最終講義の直後だったから、十二月の第二週か第三週の月曜日だったのだろう。ちょっと一緒に来て、と朝、彼女が言ったとき、あなたは尋ねた。

どこへ？

病院。

どこが悪いの、とあなたが聞くと彼女は言った。いいから、ただついてきて。

今にも雪が激しく降ってきそうな朝だった。彼女が掻把手術を終えて出てくるまで、あなたは待合室に座って両の拳を握りしめていた。手術室から出てきた彼女をおずおずと支えようとすると、彼女はいらだちを爆発させた。病院を出てタクシーをつかまえると、彼女は後部座席に乗りながら言った。

私ちょっと横になるから、あんた前に乗って。

すぐにでも雪が降ってきそうだった空はまだ一片の雪も吐き出しておらず、クリスマス前の街は混雑していた。赤いテールランプを灯した車が列をなし、息をひそめて左折の信号を待っていた。あなたは助手席でまだ両手を握りしめ、後ろでうずくまっている姉さんの方をときどき振り向いて見、風邪をひいたときのようにのどがひりひりと痛んだ。

あなたの姉さんはあなたに念を押す必要などなかった。あなたがこの秘密をいつまでも、両親はもちろん誰にも口外せず、最後まで背負っていく唯一の人間だと知っていたから。それほどまでに全力で自分を愛していると知っていたから。それを知りながらあなたの姉さんは、その日以降、決してあなたを愛さなかった。あなたと言葉を交わさず、目さえ合わせなかった。その後数年間、あなたは再び彼女の心を獲得するために奮闘したが、いかなる努力も実を結ばないと気づいた瞬間、彼女に背を向けた。

彼女の目は深々と澄んでいた。長い首と華奢な鎖骨を持っていた。手の爪も足の爪もきれいに手入れされており、夏の日にサンダルの革紐のあいだから見える小さな足は可憐だった。あなたが大学に合格したとき、彼女はあなたを高級なレストランに連れていった。ナイフとフォークの使い方を教えてくれて、小さなハート形の18金のペンダントをプレゼントしてくれた。こういう短いチェーンネックレスは絶対に金でなくちゃだめ、と彼女はまじめにアドバイスした。銀や銅ではだめ、自分の値段を下げることになるからね。

にっこり笑いながら彼女は話を続けた。

うちの家系の女の人はまぶたが薄いから、二重の手術をしなくてもいいわ。でもあんたは、目頭ぐらいは手を入れた方がいいわね。目元がずっとすっきりすると思うわ。

レストランを出たあなたは彼女に導かれるままにめぼしいブランドショップを巡礼したが、彼女が勧める服はとうとう買わず、彼女に味気ない思いをさせた。やや斜めに立てかけられた、脚がとても長く見えるスタンドミラーの中のあなたの首元で、彼女がくれた小さなペンダントがきらめいた。あなたは首を横に振りつづけ、ううん、と言った。こういうの私の趣味じゃないのよ。

その年が暮れる前、あなたは深夜、彼女の部屋で尋ねた。私ほんとにわからない。みんなどうしてこんなふうに社会通念の中だけで生きていけるのか、そんな生き方にどうしてがまんできるのかが。あなたに背中を向けて化粧を落としていた彼女の顔が、鏡の中でひらりと暗くなった。鏡越しにあなたと目を合わせて、彼女は答えた。あんたはそう思うのね。でも、そうできてよかったと思う人もいるんじゃないの。社会通念の後ろに隠れることができてよかったって。

そのときあなたは、理解したと感じた。幾重にも重なった薄い白いカーテンの奥にあるものの形を想像するようにぼんやりと。彼女は何も知らない女の子ではなかった。ただ、どこよりも安全な場所、亀やかたつむりの静かな甲羅や殻の中のような、りんごの奥にある丈夫な子房のような場所を望んでいるだけだったのだ。

彼女が子どもを持つために十年近く注ぎつづけた努力について、あなたは母さんから残らず聞いて知っていた。韓方医院で調合してくれた高価な煎じ薬、おへその下に傷ができるまで受けたヨモギのお灸。不妊治療のためのさまざまな検査。施術の日をいらいらと待つ時間。何度も続いた残酷な稽留流産。

家族の集まりにあなたが現れると彼女の顔が曇ることを知っているのは、あなただけだった。にこやかな微笑を浮かべたまま、あなたはあなたの姉さんを愛するまいと努めた。知らない女性を見るように彼女を見ようと努めた。彼女が笑うとき、いたずらっ子のように鼻にしわが寄るのを優しい目で見つめずにいられるようにとがんばった。幼年時代を一緒に過ごした血族に対してだけ感じられる、とうてい言葉にできない親密な感情があなたの内側から湧いてこないように心を砕いた。自分の心を精いっぱい冷たく保とうとして、もっと固く凍らせようとして力を尽くした。

あなたはうたた寝を始める。

やっと思い出したなじみの番号のバスに乗り、最後部の窓側座席に座った直後から。最も渋滞する区間を通って、地域バスがあなたの部屋を目指して走っていくあいだ、停留所名を知らせるアナウンスと地域の騒々しい広告放送が何度も大音声で流れてくるあいだ、あなたは恥ずかしげもなく居眠りしている。隣の人の肩や窓に深々と頭をもたせかけ、そんな姿勢をしているせいで首がちぎれそうなほど痛む。いっそ目が覚めてしまえばいいのだが、目を開けるたび、情け容赦なくまぶたが垂れ下がってくる。とうとう口からよだれまで流してあなたは眠る。んん、んんんと老婆のように苦しそうな声を漏らし、何度か大声を出して窓に額をぶつける。あなたは手を上げて口元を拭う。ぼんやりと薄目を開ける。またもやまぶたが垂れ下がってくる。

彼女の体重は三十七キロまで落ち、意識を失う直前まで苦痛を訴えた。痛い、痛いと子どものようにかぼそい悲鳴を上げた。パパ、助けてと彼女が哀願すると、いつもはむっつりしている父さんのあごがわなわなと震えた。体格の良い義兄は後ろを向いて泣いた。母さんは彼女の手を両手で包んだまま、娘の名前を呼びつづけた。あなたは自分を責めずにいられなかった。あなたの存在が彼女の最期の瞬間を台無しにしていると思うことをやめられなかった。お姉ちゃん、とついに震える唇を開いて言おうとしたとき、もうすべては終わったあとだった。

降りるところをはるかに過ぎたと知って、居眠りから目覚めたあなたはあたふたとバッグを背負って降車ブザーを押す。初めて見る知らない町に降り、四方をきょろきょろ見回す。アクリルの壁に貼られた路線図をよくよく見て、三停留所分だけ戻ればいいとわかって安堵する。

車も人も少ない通りに沿って歩いていくうちに、体から徐々に眠気が散っていく。降りるべきだった停留所に近づくころ、あなたの目は完全に覚めている。それでもまだ眠気は残り、ぼんやりした顔に触れる空気はどこかふんわりと感じられる。

とうとうあなたのワンルームがある建物の前に着いたとき、あなたは立ち止まる。裏庭に停めておいたあなたの自転車を見る。肩にのしかかる重さ二キロのノートパソコンをかついだまま、足首の傷がずきずき痛むのに耐えながら、あなたは黙って立っている。

あなたが今、あなたの自転車を見ているのは、それがあなたに喜びをくれたものだからだ。もしかしたらそれに乗ること以外には何一つ、心から愛したことがないからだ。ただ自転車に乗っているときだけ、自分の人生は実は取り返しのつかない失敗かもしれないと思わずにすんだ。この世のすばらしい幸福のすべてはいつも自分を締め出しているのではないかという感覚も、静かに振り落とされていった。

あの喜びを思い出しそうな気がして、あなたは恐れている。坂道を滑りおりていくときのめまいのするようなスピードを、川沿いの自転車用道路を力いっぱい漕いでいく感覚を思い出すのではないかと思うと、あなたは怖い。

とうとうあなたは自転車に背を向ける。二階にあるあなたの部屋に連れていってくれるコンクリートの階段を、一段ずつ上っていく。鍵でドアを開けて暗い室内に入る。ノートパソコンを入れたバッグを玄関におろす。靴を脱がずに冷たい床に座り込み、そのまま長々と身を横たえる。

あなたの姉さんは、自分を焼かずに土に埋めてくれと義兄に言ったという。それがどんなに彼女らしい遺言か、あなたは知っていた。小さいときテレビで、死人が棺の中で生き返るというお粗末な再現ドラマを見ながら、彼女があなたにひそひそと言ったことがあった。すごいわ、何て運がいいの？火葬しちゃっていたら、あの人、どうなったと思う？

心臓がよくないあなたの父さんは、告別式が終わると伯母さん夫婦と一緒に先に帰宅し、義兄に助けられて墓所まで登ってきた母さんは、埋葬が終わるまでに何度も地べたにしゃがみ込んだ。母さんの脇を支えて降りてきたあなたは足をひどくくじいたが、うめき声を飲み込み、そのことを誰にも悟られないように努めた。

一週間。

床に横たわったままあなたは声を出してつぶやく。

まだたった一週間過ぎただけ。

あなたの靴の中で灰白色の穴がずきずきと疼く。オンドル（韓国の伝統的な床下暖房）を入れていない部屋の床は、あなたの背中と肩に氷のように冷たい。

つまり、まだたった一週間過ぎただけなのだ。

二日後に二回めの、それからさらに二日後に三回めの診察をあなたが受け、医師にその傷を診てもらうことをあなたは今、知らない。もう一日だけ様子を見ましょう、と医師が言うことを知らない。靭帯、筋肉、神経の全部が集まっているところだから、手術をしないですめばその方がいいんです。あなたがまたつま先だけに靴を引っかけて歩く芸当をしながら支払いをするだろうということ、午後六時を過ぎたので夜間診療費が追加されることをあなたは知らない。赤い蜘蛛の巣のようなレーザー光線を浴びた左足首の穴をまた見つめることを知らない。死んだ灰白色の皮膚組織を見て、消毒するとき左足は痛かったが、右足は痛くなかったのを思い出すことを知らない。たぶん神経が死んでいるからだろう、と思うことを知らない。手術をするとなったらこの死んだ部分をえぐるのだろう、端の方に残ったきれいなままの皮膚から血が出るだろうな、と。

それくらい、と思ってあなたが乾いた目をしばたたくだろうことを、知らない。


……もっと寒くなる前に。

今後起きるそれらのことを何も知らないまま、あなたは冷たい床に横たわって考える。

その前に、一回だけ自転車に乗ったら、罪だろうか？

あなたはゆっくりと起き上がって座る。靴を脱ぎ、汚れた白いスニーカーを靴箱から取り出し、のろのろと靴紐をほどいてはく。またコンクリートの階段を降り、建物の影になっている庭へと、気をつけて歩いていく。古い日よけの下に停めた自転車のチェーンをはずす。今まで二年間せっせと乗ってきた自転車だ。土砂降りの雨が降る夏の日にも乗って出かけたりしたので、そのつど乾いたタオルで拭いてビニールのカバーをかぶせておいたけれど、あちこち錆びている。あなたは右足でトンと蹴ってキックスタンドを上げたあと、自転車を引いて通りへ出ていく。

あなたはサドルにまたがる。ペダルに右足を載せる。左足のつま先で地面を蹴って、傾斜した路地を滑るようにして降りていく。路地の終わりと一車線道路が出会うところにガソリンスタンドがある。急に飛び出すかもしれない車に注意するため、あなたはスピードを落とす。道路脇の歩道を自転車で走る。信号の手前で青になるのを待ち、横断歩道の向こうの川沿いの道を目指して走る。急傾斜の進入路に入るとペダルから足を離し、滑降する。葉が全部落ちた柳の木が黒い繊細な骨組みを見せて水辺に並んでいる。色褪せた葉がまだついている広葉樹の下を、あなたはすばやく走り抜ける。

スピードを上げるほどに風が強くなる。この風を浴びたくて、あなたは夏の真昼にもこの道を自転車で走ったのだった。ぎらぎらの陽射しが焼けつくような八月の正午、じっとしていても汗が雨のように流れる時間を選んでこの道を走った。湿気に満ちてじっとりと重い風のかたまりを自転車で突き崩して走り抜けた。あなたは生きていた。ありありと生きて、あの重苦しい空気を突き破っていった。いきなりにわか雨が降ってくれれば全身びしょ濡れのままで、いちばん近くのコンクリートの橋を目指して走った。狂ったような、何の理由もなく大声を上げたいほどの喜びを感じていた。つまりあの八月、あなたの姉さんが実家の誰にも知らせずに義兄の車で病院に出入りしていたとき、あなたはあんなにも、狂おしいほどの喜びを感じていたのだ。

助かりましたね。

あなたの左の足首の穴の中の、灰白色の組織のまん中に、シャープペンシルの芯で突いたほどの赤っぽい点が一つできたのを見て、医師がそう言うのをあなたは知らない。

とてもゆっくりではありますが、ともあれここが再生したのですから、手術をしなくてもよさそうです。

湿潤テープの中からは白い滲出液が際限なく流れ出し、一週間に二回レーザー治療のために開いて見る傷口の中には相変わらず、シャープペンシルの芯で突いたような赤い点が一個あるだけだということをあなたは知らない。さらに一か月経つとこの赤い点が二個になり、二か月近く過ぎると太い鉛筆で突いたぐらいに大きくなるであろうことを知らない。

ほんとにゆっくりですね。こんなにのろいのは、レアケースですよ。

もうなじみの顔になった医師が眉間にしわを寄せながら作り笑いをするであろうことを知らない。

そんなことを何も知らないまま、あなたはペダルを漕ぎつづける。

夏の日に、あなたが雨をよけて隠れていた橋の下を通り過ぎる。あなたが感嘆して見守っていたカモの群れを追い越す。首を丸く内側に曲げ、くちばしで毛づくろいする彼らの動作が見える。水の上に平らに突き出た岩に、明るい朱色の足を乗せて体を乾かすカモたちが見える。夏より体が大きくなった白い鶴が見える。今は水の中にあるので見えないが、鮮やかな赤い足を持った鶴だ。さらにペダルを踏み込んだときにあなたは見る、老いた灰色の青サギが一羽、身動きもせず、水の中に立って遠くを見つめているのを。あんなに大きな鳥が、あんなに静かに、ゆったりとそこにいるということにあなたは人知れず感動を覚えたものだ。自転車を停め、しばらくたたずんでそれを見守ったものだ。

しかしあなたは今、止まらずに走りつづける。向こうから走ってくる、ヘルメットにゴーグルをつけてマスクで鼻と口をおおった自転車レーサーをよける。足首に痛みを覚える。くじいた痛みか、火傷の痛みかはっきりしない。どっちにしたってもっと走るんだとあなたは思う。喜びを恐れる必要はなかった。あなたは喜びを感じない。

いくつかの傷痕があなたの体に残っている。
八歳のとき、近所の子どもたちとブランコから遠くまで跳ぶ競争をやっているときにできた膝の傷。きしんでガタガタする椅子に乗って窓を閉めたとき、椅子のねじがはずれたために転倒してできた、すねと手の甲の傷。中学生のとき、軽い気持ちで友だちを家に呼び、熱した油に餃子を入れようとして人差し指まで入れてしまい、火傷をしたときの痕。

彼女にも傷痕があった。彼女が目隠しをしてかくれんぼの鬼になったときのことだ。あなたがまず椅子につまずいて転び、続いて彼女がその椅子の脚に引っかかって倒れた。あなたは指一本傷つかなかったが、背が高かった彼女は鏡台の角に額をぶつけた。まるであなたの過ちであるように、父さんはひどく怒った。やわらかく丸い線を描いてそっと秀でた、とても美しく賢そうな彼女の額にできた傷痕は、あなたが見ても醜かった。何針も縫った痕を隠すために、彼女はその日以来、いつも前髪をふっさりとおろしていた。だが風が吹いたりすると、あなたの目にだけはあの白っぽい痕が見えた。
彼女が縫合手術を受けているあいだ、幼いあなたは目をまっ赤にして泣いていた。父さんと母さんが二人とも手術室に入ってしまったので、あなたは廊下の椅子に座って一人で待っており、そのためいっそう怖かったのだ。ようやく手術室から歩いて出てきた彼女は、泣きだしそうなあなたを慰めようとした。大きな滅菌ガーゼと絆創膏を額に貼ったまま、口ごもりながら何度も言った。大丈夫。ほんとに、すぐ治るから。時間さえ過ぎたら、治るって。誰でもみんな、治るんだって。

あなたは知らない。

のどが渇いて目を覚ました寒い夜明け、思い出すこともできない夢のせいですっかり濡れたまぶたを洗面台の上の鏡の中に見るだろうことを知らない。顔に冷水を浴びせるとき、あなたの手が何度も震えるだろうことを知らない。一度も口の外に出したことのない言葉が、熱い串のようにのどを引き裂くだろうことを知らない。私だって前が見えない。いつだって見えなかった。がんばってきただけ。いっときでもがんばらなかったら不安だから、それで必死にやってきただけなのよ。

ずっと先の火曜日の午後、レーザー治療室で、看護師が湿潤テープをはがしたとき、初めて鮮やかな赤い血がたっぷり流れることをあなたは知らない。初めてその箇所がひりひりと疼くのを感じることを知らない。その日から驚くほど早く、滲出液が減っていくことを知らない。

ほとんど外出しないために膝の関節炎が悪化した母さんを、元気を出してと励まし説得して帰ってきた日曜日の夕方、翼を広げたようにゆっくりと路地に降りてくる雪をもう見ないですむように、あなたが窓のカーテンを閉めることを知らない。漆黒のように暗い部屋の中で、あなたがうずくまって迎える夜のことを知らない。姉さんと手をつなぎ、どこまで来たの、まだまだ遠いよと歌いながら目をつぶって母さんの実家に行ったまっ暗な路地を、あの声を思い出さないために、夜通しヘッドフォンをしたまま、切れ切れの睡眠をとろうとすることを知らない。

ずっと前、あなたが初任給でプレゼントしたスカーフを、彼女が包装も開けずに黙って返した瞬間を、あなたが何度も何度も思い出すだろうことを知らない。あなたが彼女に永遠に背中を向けようと心を決めたあの瞬間。彼女の無表情な目の中に何があるのか決して読み取ることができなかった、あの瞬間。あのときあなたはどうすればよかったのか。自分もまた恐ろしいほど冷たい人間だという事実を驚きとともに発見する代わりに何を、ほかのどんな方法を見出すべきだったのか。しつこくぶり返すそれらの熱い問いかけを嚙みしめて、夜明けまで転々と寝返りを打つだろうことを知らない。

それらのすべてをまだ知らないまま、今あなたは葦の茂みの縁に横たわっている。自転車は川沿いの岩の上に投げ出されて倒れ、車輪が力強く空転している。空中から墜落した瞬間、あなたは本能的に頭をかばった。手とひじの皮膚がむけていることは明らかだ。地面にぶつけた肩と骨盤がじーんと痛みだす。

これくらい、とつぶやきながらあなたは濡れた土の上に横たわっている。灰白色の穴の中の傷のことなど、もう感じられない。土が入った右の目がひりひりする。これらすべての痛覚はあまりに弱々しいと、何度も両目をまばたきしながらあなたは思う。今、自分が経験しているどんなことからも、私を回復させないでほしいと、この冷たい土がもっと冷え、顔も体もかちかちに凍りつくようにしてくれと、お願いだからここから二度と体を起こせないようにしてくれと、あなたは誰に向けたのでもない祈りの言葉を口の中でつぶやきつづける。

エウロパ

에우로파

イナは悪夢を見ると言った。その悪夢の中に僕は入ったことがない。彼女と一緒に暮らしていないから、悪夢を見ている様子を見たこともない。昨夜イナは久しぶりに電話をかけてきて、明るい声で元気かと尋ね、僕が彼女に元気かと聞くと、「悪夢を見ること以外は全部、大丈夫」と答えていきなり笑いだした。今のところ、彼女の悪夢について僕が知っていることはそれで全部だ。

今、カフェのガラスのドアを開けて入ってくるイナは赤いハイヒールにグレーのデニムをはき、背筋がよく伸びているので、だぶだぶのチャコールグレーのロングカーディガンを羽織った肩がきれいに開いている。靴に合わせた明るいレンガ色のスカーフをぐるぐる巻いて、肩の後ろに垂らしている。毎日悪夢を見ている人のようではない。僕と目が合ってにっこり笑う顔が白紙みたいに白くはあるけど。

何か食べながら待っててよ。おなかすいてないの？

イナは昔からの恋人みたいにそう言うと、座るや否やメニューを広げる。

君が来たら注文しようと思って。

僕も昔からの恋人みたいに、淡々と答える。

大きな窓から秋の朝のまぶしい陽射しが入ってくる一階のカフェだ。オープンキッチンからコーヒー、温めたミルク、バニラ、テリヤキソースの匂いが混じって漂ってくる。親しくもない誰かの家に急に招待されて、食卓の前に及び腰で座ってるみたいな気分だ。

何食べようか？　朝ごはん、まだだよね？

じっくりとメニューを見ながらイナが聞く。わざとぶっきらぼうに僕は答える。

休日の午前中に会社員を呼び出すのは犯罪行為だってわかってるだろ？　そっちが払うんだから適当に頼んでよ。

何よそれ、とイナはとりあわないような顔をするが、すぐに思い直してシンプルなモーニングセットとコーヒーを選ぶ。

これにする？

僕がうなずくとイナは手を上げて店員を呼ぶ。はきはきと注文を終えてにっこり笑う。目元にいたずらっぽさが漂う笑い方だ。そんなふうに彼女が誰かに向かって笑いかけるとき、僕が若干の苦痛を味わっていることを彼女は知らない。その誰かが男でも女でも、どんなに近しい人でも関係ない。苦痛から距離をとろうとして、僕はちょっと窓の方へ顔を向けて尋ねる。

何で呼び出したの？

会いたかったから。

こういうときにすぐに出てくるイナの答えはたいがい、冗談だ。

ほんとだよ。信じられない？

僕はじっとイナの顔を見る。明らかにやせた。そして血の気がない。大きな目がもっと大きくなり、目の下が黒ずんでいる。

うん。

つっけんどんな僕の答えに、イナがカーディガンを脱ぎながら笑う。笑っているその薄い唇を僕はじっと見つめる。さっき現れた白いTシャツの丸い肩の部分に触りたいと思う。黙って上半身を抱きしめ、固い肩甲骨を両手に感じたい。

イナに恋人がいるのかどうか、僕はよく知らない。直感では、今はいないみたいだ。この何年間かに一、二度、恋愛めいたことがあったようでもあるけれど、そのためにイナが僕と距離を置いたことはなかった。僕はどこまでもイナの友だちで、友だち以上の何かであったことはない。

僕らは恋人ではないが、カフェを出たあと、どちらからともなくイナのマンションへ向かって歩いていく。イナが僕を直接家に呼ばず、近くのカフェで会おうと言うのは、料理をしたくないからだ。イナは二十三歳の冬から約六年間結婚生活をしていたが、二千日を越えるその期間中ほとんど毎日料理をしたので、残りの人生は最小限の料理だけで生きていくと決めていた。

僕は運良くイナが結婚直前だった二十三歳の夏に知りあったので、彼女の料理を食べたことがある。僕の誕生日のころ、チャプチェ（春雨と肉、野菜の炒めもの）や、さくさくと歯触りのいいレンコンのジョン（卵をつけて焼いたもの）を作って、新品らしい密閉容器に入れてバイク便で送ってくれた年もあった（ちょうどイナの夫の昇進の関係で上司の家にも同じものを送ったから、感動しなくていいと言い添えて）。パン作りに熱中していた何年間かは、レモンやゆずの絞り汁を入れた香りのいいパウンドケーキを焼き、季節とは関係なくクリスマスっぽい赤と緑のリボンをかけて送ってくれたこともある。イナが作ったものは例外なくおいしかったが、料理をしていたころのイナはどこか不幸そうに見えたので、僕としてはまたあれを食べたいと思うことは全然ない。

どんな夢見るの？

マンションの一階の出入り口に入るとき僕が聞くと、イナは両目を大きく見開いて僕の顔を見上げる。

悪夢、見るって、言ってたけど。

ああ。

イナは短い感嘆詞を吐き出すと首をかしげる。

悪夢にはっきりした内容があることってないよね。ただもう、悪夢よ。

狭い八人乗りのエレベーターが機械音を長く引きずって七階まで昇っていくあいだ、イナも僕もしばらく沈黙する。廊下の端の部屋までカツカツとヒールの音を立てて歩いていき、ドアに鍵を差し込むイナを、後ろについて歩きながら僕は見守る。近所のカフェにちょっと出かけるにも赤いハイヒールをはくなんて、イナが突然僕に恋をしたか、憂鬱なのかどっちかだと思う。会って十年めで恋に落ちるという話は聞いたことがないから、後者なんだろう。

イナの体型に似て贅肉のない、細長い構造の部屋に僕は一緒に入る。イナが練習室兼録音室として使っている、そこに閉じこもって一日の大半を過ごす部屋のドアはいつものように閉まっている。細長くて狭いキッチンと細長くて狭いリビングを区切る引き戸は開け放たれている。リビングには、ドレッサーを兼ねた素朴な棚とスタンドミラー、スチール製のシングルベッドが見えないように上手に隠されており、ベッドの足元に置かれた背の高い洋服かけだけは玄関からすぐ見える。見たことのない濃い緑色のニットワンピースがそこにかかっている。僕が尋ねる。

いつライブやるの？

金曜日。

イナは靴を脱いで大股でリビングに入っていく。タバコを取り出してくわえ、ベランダに通じるドアを開ける。僕は洋服かけの前に立って、ワンピースのたっぷりした袖を撫でてみる。ざらっとした粗い編み目の生地だ。

これ、ライブ用？

そう思っておととい買った。着てみよっか？

僕の答えを待たず、イナはまだ火をつけていないタバコをくわえたままカーディガンを脱ぎ、ワンピースに首を通す。だぶっとしたワンピースの中にイナのやせた体がすっと入っていく。嚙み跡のついたタバコを灰皿の縁に引っかけて、イナが聞く。

どう？

僕は吹き出す。

袋、かぶったみたいだ。

スカーフ巻けば大丈夫だよ。

イナは洋服かけにかけてあったスカーフを三枚、順ぐりに巻いてみる。

どれがいちばんまし？

それ、赤いの。緑の服にそれ巻くと、君が昔焼いてたケーキみたいだ。

ジーンズの上に緑色のワンピースを着て、赤いスカーフをサンタみたいに巻いたイナが声を上げて笑う。僕はふいに体を傾けてイナにキスする。もしかしてイナが嫌がるかもしれないから、唇以外には触れないように注意する。イナは目を閉じないし、僕も目を閉じない。イナの舌からシロップの味がする。

イナと初めて会ったとき、僕は兵役を終えて大学に戻ってきて二か月にもならない学生だった。髪の毛がなかなか伸びてくれなくて、まだ栗のイガみたいだったころ。久しぶりに連絡をとりあった小学校の同級生の女の子が、自分の友だちに会ってみるかと聞いてきた。（どんな子？）僕がそう聞くと、気っぷのいい性格のその子は答えた。（どっかあんたに似てると思ってた、大学のときの友だちなんだ。でも除隊するのが遅かったね、彼女、この冬に結婚するんだって。友だちにしかなれないけど、三人で一杯飲もうよ）
約束の場所に現れたイナは、腰まであるたっぷりした髪をゆるく結って、長いチェックのスカートにやぼったいランニングシューズをはき、左手の人差し指に大きなキュービックジルコニアの指輪をした、すらっとした女の子だった。何かのデザイン会社の社員で試用期間中だと言ったが、会社の性格上、そんな格好でも許されるらしい。背がちょっと高いだけでずば抜けた美人とはいえないが、まるで誰かに呪文をかけられたような、謎めいた表情だけが印象的だった。解読が必要そうに見える、その真剣な顔を見ていた僕は、すぐにくだけた話し方で聞いた。

(冬に結婚するんだって? 結婚式に行ってもいい?)

イナは本心を見せずに目だけで笑い、首を横に振った。

(結婚式に来てどうするの? 面白くもないし、時間の無駄だよ)

その夜三人はさんざん酔っ払うほど酒を飲んだ。イナはまるで平均台の上を歩くように両腕を横に長く伸ばしてバランスをとり、何度もよろめきながら、まぶしい夜の街を先頭を切って歩いていった。大学時代の彼女がサークルのバンドでギターを弾き、自作の曲も歌っていたというのがそれまで実感できなかったのだけれど、暗い人影のない路地に入ると、イナが知らない歌のリフレインを歌いはじめた。

エウロパ、
凍りついたエウロパ
あなたは木星の月

私の命の果てまで生きても

あなたには触《さわ》れない、冷たいエウロパ

その声の個性に僕は驚いた。会話していたときには特に感じなかったが、歌うときのイナの声はとても澄んでいた。さらに特別だったのは、ひたすら澄みきったその声が、高音域にさしかかると微妙に変化することだった。冷たいガラスのコップみたいに繊細なその声の表面で、不思議なまでの寂しさをたたえた哀切さが小さな水滴のように凝結しては消えていくのだ。

忘れられない夏の夜の一瞬だった。イナの歌が美しかったからだけではない。僕が青春のまっただ中にいたからだけでもなかった。あのときイナを愛しはじめたわけでは、なおさらなかった。ただ、イナの歌がいきなり終わったとき、過ぎ去った二十何年かのあいだ押さえつけてきた生々しい渇望が一気にかんぬきをはずして僕の心臓の外へ歩みだしたことを、それがあの暗くみすぼらしい路地裏のまん中に立ちはだかって僕を見つめていることを、認めたのだ。

目、つぶって。

イナの命令に僕は服従する。黒いアイライナーが僕の目元で静かに動く。

開けてみ。

僕は目を開け、鏡の中の見知らぬ、そしてよく知っている顔が僕を見ているのに向き合う。

も一回、つぶって。

イナがつまんでいるアイシャドウのチップが僕のまぶたのふくらみをこするのを、続いて彼女の人差し指がまぶた全体を優しく撫でるのを、僕は感じる。

まつ毛は自分でやるよ。

そうする？

イナはマスカラを僕に差し出す。僕はゆっくりと上手に、まつ毛を上向きにカールしていく。鏡の中で黒々と豊かになったまつ毛を僕は注意深くのぞき込む。

唇も自分でやる？

僕は返事をする代わりに口紅のパレットを受け取る。イナはドレッサーから後ろに下がってベッドに腰かけている。新しいワンピースを脱いで僕に着せたあと、彼女は上下とも白いトレーニングウェア姿になっている。白い服のせいで血の気のない顔がいっそう青ざめて見える。

唇を塗り終わると、僕はスタンドミラーの前に立つ。ももとすねの毛は黒いパンティストッキングで隠し、濃い緑色のワンピースにフライトアテンダントみたいな生成りのスカーフを巻いた僕が、しとやかに両手を前に組んで立っている。

どう？

鏡の中のイナが片手を伸ばし、親指を上に上げてくれる。もう一方の手ではベッドの横のテーブルに置いたタバコをまさぐっている。僕が体をあちこちへ向けて鏡に映しているあいだ、イナは青っぽいタバコの煙をベッドの後ろの窓に向かって吐き出す。

外に出たいな。

僕がつぶやくとイナは微笑を浮かべて言う。

まだおなかすいてないし。もうちょっとしてから出ようよ。

僕はイナのたんすのいちばん下の引き出しを開けて、明るい茶色のかつらを取り出してかぶる。質の良い人毛で作られた、けっこういい値段で買ったものだ。両手でカールを整えて自然な形にふくらませたあと、ドレッサーの椅子に足を組んで座る。

ほんとにおなか、すいてない？

昔からの恋人みたいに僕は、鏡に映ったイナに聞く。

うん、これくらいがちょうどいいの。

イナがタバコの灰を灰皿に落とす。僕は鏡の横の壁を手探りして電気のスイッチを下げる。暗くなったベランダ側の窓を、その前のベッドに腰かけたイナを鏡を通して一瞥する。青みがかった薄明かりのせいで、僕の姿が急に幻影のように美しく見えるのを、じっと見つめる。

またあの魚が、夢に出てくる？

僕は尋ねる。

どんな魚？

君の悪夢に出てくる魚さ。

知らぬそぶりの淡々とした顔で、イナが暗闇の中で静かに目を光らせる。

あんなふうに目を光らせて、イナは僕の顔を見やったのだった。四年前の早春。公園の噴水の上に降り注ぐ、めまいを起こさせるような陽射しがちょうど陰りはじめた、午後も遅い時間だった。

二十三歳のあの夏の夜以降、僕らはときどき連絡をとっては会っていた。初めの何年かはあの気っぷのいい小学校の同級生と一緒だったが、その子がベンチャー企業を共同経営していた大学の同期生と結婚してビジネスのためにベトナムに行ってしまってからは、二人だけで会っていた。僕は職場に縛られていたから、たいていはお昼どきにイナが会社の前まで来て、一時間半とか二時間とか軽く食事したりお茶を飲んだりして別れていたのだ。僕らの関係はけっこう表面的だったと思う。お互いの胸の奥まで打ち明けて話すことは稀だった。あの早春の午後までは、確かにそうだった。

ちょうど直属の上司が日本に出張に行っていたのでその日は気持ちに余裕があり、三時ちょっと過ぎに訪ねてきたイナに遅めの昼ごはんをおごったあと、僕はちょっと歩こうよと言った。コーヒーを一杯ずつ持って公園の噴水の前のベンチに並んで座ったとき、イナは結婚してまもないころに経験したというエピソードを話してくれた。夫の実家で家族の集まりがあったのだが、夫とその兄弟たちが市場で魚を買って刺身にしてもらい、夕ごはんにメウンタン（刺身をとったあとの魚の骨と残りの身を煮出して作るスープ）を作って食べようと言って、大きなビニール袋を彼女に差し出したというのだった。（そこに入ってた、肉はもう刺身にとられちゃった魚を、別に何も考えずに容器に移したの。それを水道水で洗おうとしたら、魚の骨が力いっぱい跳ねたんだ。肉は全部こそげとられちゃって、もうないのに、まだ生きてたんだよ。あたし思わず悲鳴を上げて容器を放り出したもんだから、顔にも服にもキッチンの床にも水が思いっきり飛んでさ。運良く、魚はシンクの中に落ちたんだけど、それ見てみんなが大笑いしたんだよ。これ、どうします、生きてますよってあたしが言ったら、義兄さんの奥さんが笑いながら答えたの。どうもこうも、あなたがちゃんと始末しなさいよって。あたし笑うこともできなくて、涙を流しながら、骨だけ残ってぴくぴくしてるその魚を洗ったの、それで鍋に入れて、ふた、閉めたの）

そこまではまだ、ありふれた話だった。五年以上過ぎた今でもその魚がときどき悪夢に出てくるという話も、ちょっとオーバーかなとは思ったけど理解はできた。ただ、僕がいぶかしく思ったのは、イナが自分の結婚生活の話をするのはこれが初めてだということだった。僕らがそれまでにやりとりした話題は総じて、私生活のことは慎重に避けて選ばれており、長いといえば長い時間が流れたあとでも、僕らはお互いのことをよく知らなかった。僕がイナについて知っているのは、健康状態がひどく悪くなってデザイン会社を辞めたこと（一度ならず流産をしたようだったが、正確なところは聞いていない）、その後、ギターをちゃんと習いたくなったこと（ギターは大学のころ独学で覚えたのだが、そのうちだんだん自信がなくなったと言ったことがある）、だが、原因不明のひどい頭痛のせいでほとんど何もできないまま何年も無駄に過ごしてしまったこと、その程度だった。僕についてイナが知っていたことはおそらくもっと少なかっただろう。中産層に生まれ、普通に大学を卒業し、とりたてて言うほどのこともない職場にずっと勤めており、三十代になってもまともな恋愛一つしたことがないということ——そんな退屈な経歴をイナはどう思っていたんだろうか。

（ほんとにぞっとするね）、と僕は冷静に答えた。（それでも、そんなに長く生きられるもんなんだね）。つまらないというよりはほとんど無気力な僕の答えには耳も貸さず、イナの声はだんだん熱を帯びてきた。どういう脈絡でつながるのか理解できない別の話が始まった。（あたしさ、最近、フラクタルに関する本、読んでるんだけどね。もうびっくりしちゃった。あたしたちの体の中で血管が広がっていくときの線も、川に支流ができて広がっていくときの線も、木が空に向かって枝を伸ばしていくときの線もみんな似てるっていうんだもん。地下鉄の出口から人波が広がっていくときも、同じような線を描くんだってよ。だったら、もしかして人の人生もそうなのかな？　空間じゃなくてさ、時間の中でよ、あたしたちの人生が、何らかの数学的な線……幾何学的に推測可能な線に沿って、進んでるのかな？　って、地下鉄の出口から出るたびにそんなこと考えるようになったんだ。一緒に数学的な曲線を描きながら歩いている人たちについて、その人たちとあたしが似たような体を持ってることについて。似たような曲線で広がっていく血管の中に、ほとんど同じ血が流れてて、心臓の強い圧力でそれが循環してることについて……。変じゃない？　その人たちは絶対にあたしの人生に入ってこられなくて、あたしもその人たちの人生に入っていけないのに、みんながそんな、同じような線を描いているなんて）

めんくらっている僕が何か答える前に、イナはいきなり、何年か前に報道された歯科医による殺人事件へと話題を変えた。（それにしても、水中に浸かっている死体は腐敗が遅いってこと、その人はどこかで習って知ってたのかな？　それを計算に入れて女の人の首を絞めて、上手にアリバイを作ったわけ？　そんなことできるぐらい冷静だったってこと？　でもその人の体の中の血管も、あたしの血管とおんなじ線を持ってるわけだよね。川の支流が流れていく線や、木の枝が天に向かって伸びていく線とまったく同じ線だよ。同じ地下鉄の出口で、その人とあたしが偶然、お互いにすれ違ったとしたら、その人とあたしは同じ曲線の一部になって、平気で他の方向に歩いていったはずだよね。でしょ?)

そのあたりから僕は、彼女の名前を呼んで話を止めようとした。(イナ、今日はどうしたんだ?何の話をしたいの?)その瞬間、イナは爆発した。きゅうきゅうに、きつくねじを巻きすぎたオルゴールのように割れた。細かい付属品が四方に散乱するように、いっそうすばやく飛び出した、酔っ払いの一人語りみたいな言葉たちの中で僕は悟った。イナが最近、残酷な経験をしたのだということを。論理も因果関係も意味をなさないような地点を通過して、僕が知らないどこかへ行ってしまい、今は偶然元のところに戻ってきているだけだということを。その過程で異常な熱気と執拗さを身につけたのだということを。それがどんな経験だったか、知りたくなかった。それを経験しても壊れなかったイナのかぼそい体を、僕は何となく恐ろしく感じた。

僕は冷静さを失っていなかった。いかなる場合にも淡々として冷静であること、そんな冷淡な無気力さだけが、人生に対して自分が持っている唯一の盾だと僕は信じていたから。イナが吐き出す熱を帯びた単語たち、壊れた文、意味なく反復される接続詞たち——だからさ、それでね、だけどね——の中で冷淡さを手放すまいと努めるうちに、僕はついに彼女の言葉がわらのように細い何かを必死でつかもうとしていることを読み取った。(ただ、一つだけ理解できないことはね。今まであんたは、あたしを一度も傷つけたことがなかった。今まで六年間、たったのいっぺんも、そんなことがなかった)。もしも僕が普通の男だったら、その瞬間イナを抱きしめるか、手を握ったんだろうか。

とりとめのない、荒々しい、長い告白が突然終わってみると、砕けて散り散りになったガラスのかけらがみっしりと刺さったような沈黙が僕らのあいだにあった。こんどは僕が答える番だとわかると、緊張のためにあごがちょっと震えた。舌の先で下唇を濡らしてから僕は、きちんと順序立てて話しはじめた。(今まで僕はいつだって、君を特別な人だと思ってきた。今この瞬間も、特別な人だと思ってるよ。だけどそれは、僕が君を愛してるからじゃない。僕は君みたいになりたいんだ)。イナの顔が一種の麻痺状態を呈しているのを、僕は見た。イナはもともとても賢そうな目鼻立ちをしているんだが、僕の答えに耳を傾けていたあのときだけは、ほとんど魂が抜けたように呆《ほう》けて見えた。(君みたいな声になりたいし、君みたいな体になりたいんだ。ある夜なんか、そうなりたくてなりたくて気が変になりそうだったこともある)。ちょっと前の興奮のせいで目頭とまつ毛をちょっと濡らしたままで、イナは僕の顔をじっと見つめていた。(もっと耐えられないのは、僕の人生がこんなふうにして過ぎていくことなんだ。もうずいぶん長い時間が過ぎてしまったよ。僕がどんなに卑怯だか、君は知らないだろうな。卑怯な人間の人生ってものは、長い刑罰と変わらない)

自分のことだけに没頭していた人が急にそこから抜け出したとき見せうる最も放心した表情を、その日僕は見たのだと思う。しばらくしてイナは目だけで笑ったが、彼女自身、自分の中にあるかもしれないと疑っていた僕への恋心に向けて苦笑したのだと思うには、それはあまりに優しかった。

(そばに来て)

急に冷静になった声で、イナは言った。僕はその言葉が理解できず、じっとしていた。イナは僕の方へ近づいて座り、ためらわずに僕の唇に自分の唇を重ねた。十秒近い時間が流れたあと、唇を離すとまじめに言った。(もうちょっと上手にできない?)　叱られたような気分で僕はイナの唇の中に舌を入れた。もう十何秒かが流れたあと、イナは退いて座り直し、ささやくように早口で言った。

（さ、これからあたしたちは、ほんとの友だちだよ。ああ、姉妹でもいいや。あんたの方が誕生日が早いから、これからはあんたがお姉ちゃんだ）

いつのまにか公園は閑散としていた。噴水から落ちる水の音が奇妙に寂しかった。遠くから、足早に通り過ぎる足音、笑い声、幼い子どもの名前を呼ぶ声が聞こえてきた。誰かがずっと僕らを見ていたのかもしれない。関係なかった。まだ残っている陽射しの中で、僕に向かい合ったイナの目が静かに光った。

真昼のように明るいけれども、奇異なくらいに空虚な陰影をたたえたネオンサインの下を、僕はイナと一緒に歩いていく。十センチの白いハイヒールに閉じ込められたつま先が痛い。足首がずきずきする。道行く人は好奇心をそっと隠して僕を注視する。行きかけて立ち止まり、露骨に振り返る。関係ない。厚底のスニーカーにジーンズ姿のイナが半歩ぐらい先を歩いており、僕は半分斜めにこっちを向いたイナの体を見ながら歩きつづける。イナは僕の友だちで姉妹だけど、ふとしたときにだしぬけに、僕は彼女にキスしたくなる。四年前に噴水の前で初めてキスしたあと、ときおりそんな気持ちになる。僕の意思とは関係なく、僕の体が男だからかもしれない。体というものがもともと、自分だけの記憶を持っているからかもしれない。ときどき僕はイナが嫌がらない程度に、慎重な、短いキスをするけれど、それ以上はイナが望まないことを知っている。

ときどき僕はまばゆいショーウィンドウの前で立ち止まり、その中に陳列されたものたちをじっとのぞき込む。色とりどりのエナメルの靴たち、短い、またはひらひらするスカートたち、細かいきらきらのビーズで飾ったヘアピンやブローチがあんなにまぶしく感じられるのは、それらが僕に許されていなかったためなのだろう。イナは僕と一緒に面白がってそれらを眺めるけれど、僕みたいにうっとりすることはない。あんなものを信じちゃだめだよ、と彼女はいつか僕に言ったことがある。幻影の中を歩いているだけだと思いなさいと。

イナの言う通り、こんな日の夜の散歩は僕にとって幻の森か海の中を歩くようなものだ。ワンピースを着てハイヒールをはいて、濃い化粧をして、僕が生まれ育ったこの都市の繁華街を目的もなく歩く。知り合いの誰かと偶然にこの街で出会ったとしても、僕に気づくことはないだろう。すべてのものがまぶしく、まばゆく、胸が痛くなるほど切実だから、僕はときどき泣きだしたくなることもある。けれども本当に涙を流すことはない。邪魔をしたくないからとゆっくり半歩先を歩いているイナの横顔を眺めるだけで、目元の熱さはすぐに冷えていく。氷や石のように固そうに見えるその横顔を追って、僕は歩きつづける。

まぶしかった繁華街の明かりがしだいにまばらになり、突然、荒涼とした本来の姿を現す大通りの端まで来ると、イナは立ち止まって僕に尋ねる。

戻ろうか?

どちらからともなく身をひるがえして、僕らはまた繁華街の方に向かって歩く。

こんな日の夜の散歩でいちばん大事なのは、視線に耐えるということだ。偏見と嫌悪、軽蔑と恐怖の視線、ときに露骨でときに慇懃なそれらの視線を感知しながら黙って前へと進む。ときどき、あまりに強烈な感情がこもった視線に出会うとイナは僕に声をかける。腕を組むか、手をつなぐ。にっこりと目で笑いながら僕の顔を見上げる。そんなとき僕はずっと前に見た短編映画のワンシーンを思い出すこともある。一組のレズビアンが明るい陽射しに照らされた通りを、腕を組んで歩いている。お互いの頰や肩や腕を愛撫しながら、微笑みかけ、キスを交わしながら、ビルの角を次々に曲がる。十分近く沈黙の中で彼女たちの睦まじい午後を写していたカメラは、二人が消えた角を追いかけて曲がり、鈍器で頭を殴られ、血を流して死んでいる彼女たちを最後に上から撮る。血だまりの中に並んで横たわる彼女たちの体の上に、エンドクレジットが重なる。

まだ頭を鈍器で割られたり、赤い血を流したりはしないままで、僕らは繁華街のまぶしいネオンの下に戻ってきて歩いている。悲しみを誇張するバラード曲と酔客たちの中を、一歩一歩、歩道に釘を打ち込むようにして進んでいく。

さっき見ていたヘアピンが並ぶショーウィンドウの前で僕は立ち止まる。赤い派手なクリスタルの花がついたピンを真剣に見つめる。後ろを振り向く。斜め後ろを向いて立っていたイナが優しく尋ねる。

欲しいの？

答える代わりに僕は重いガラスのドアを押して店に入っていく。とまどいを隠した子どもっぽい店員の微笑に向かって、僕が見せてあげられるいちばんきれいな笑顔を差し出す。足音を立てないようにしてイナが後ろからついて入ってくる気配を感じる。

あとでわかったことだけど、噴水の前のベンチで僕らがあの告白をやりとりしていたとき、イナはちょうど結婚生活を清算したところだった。いくらかの慰謝料があったので――やはり正確なところは聞けなかったが、イナが経験した何らかの暴力を換算した金額だったらしい――ただちに生活に困ることはなかったけれど、イナはその後の一年間、手当たりしだいに働いた。最初は大型スーパーのレジ打ちで、まもなく上の人の目に留まって返品担当の部署に移り、もう一度部署を移ることになってその仕事は辞めた。その後は何か月かにわたってひどい鬱状態に苦しみ（まっ黒な毒々しい液体みたいなものを後頭部から流し込まれたみたいなんだ。そんなとき体を動かすなんてできない。眠ることもできないよ）、ほとんど危険と感じられた最後の瞬間に、大学のころ一緒にバンドをやっていた友だちとつながることができた。あのころはイナの状態があまりに悪かったので、「起きて動いてごらん」と根気強く励ましながらも僕は内心、もうイナの回復は望めないだろうと予想していた。けれども、完全に枯れたと思っていた植木鉢からふしぎに鮮やかな花が咲くように、イナは蘇った。

おととしの夏にイナが作った初のCDを、僕はときどき取り出して聴く。どこのレーベルからでもない、自主制作の、弘大《ホンデ》あたりのCDショップやインターネットでだけ売ってるCDだ。そこに収められている曲を作り、信じられないような根気強さでギターと歌を練習し（不眠症って、いいところもある。練習時間がいくらでもとれるからね）、立派なレコーディングルームじゃなく、友だちの住む屋上部屋（建物の屋上に新たに建てた小屋のような安い部屋で、多くは違法建築である）で録音するあいだに（二重窓を閉めて、暗幕を引いて、機械音が入ったらいけないからエアコンと冷蔵庫を切って、コンピュータの本体に毛布をかぶせて、ワンテイク録ったらすぐに毛布をはずして冷やしながら録音したの……もう、全身、汗）、イナはそれまで着ていた黒系統の服を順ぐりに捨てていった。髪を明るい色に染め、鮮やかな黄色のシャツとか、ウォッシュドデニムとか、値段の張らない服を一枚二枚と買った。だが肝心のCDに収められた曲は、初めて会った夏の夜に聴いた歌とは比較にならないほど暗かった。あの清冽さが蘇ることはなかった。スクラッチと荒っぽい効果音を意図的に入れた、こちらを圧倒するような夢幻的なサウンドの中で、イナの声は何かとひどく闘っている人みたいにかぼそく、切実だった。

クラブでの初ライブに僕を招待してくれたとき、イナは電話で言った。（あんたがなりたいものになって、おいでよ）。けれども水曜の夜のライブだったから、僕は会社を出たそのままの、ワイシャツにネクタイという服装で行った。おかげで四十分早く着いたが、まだメンバーが来ていないのか、イナは一人でギターをかついでステージをうろうろしており、僕に向かって手招きした。（五分だけタバコ吸いに行こう）。イナは先に立って地下のクラブを抜け出し、隣のビルの駐車場へ行った。

七時近いのにまだ明るい、八月の夜だった。まずタバコを取り出すのだろうと思ったが、イナはギターをかついだまま、白い綿のワンピースの腰のあたりについた大きなポケットから爪切りを取り出した。左手の爪は別に伸びていなかったが、丁寧に切ってやすりで手入れをした。糸のように白くて細い爪のくずを無造作に駐車場の地面に払い落とすまで、イナは無言だった。その静かな横顔を眺めながら、僕は黙って立っていた。たぶんあのときが、自分はイナを愛しているんだと思った最初だったろう。女性に対してそんな確信を持ったことに僕はあわてた。その気持ちと距離をとろうとして、僕はわざと冷淡な質問を投げかけた。（君が最初の出番？）（最初にしてくれって頼んだんだ）（どうして?）（事情があってリハーサルができなくなったから、あたしだけでもちょっと早く来ようと思って。途中の出番だと、五分で準備しなくちゃいけないから緊張すると思うの）（人前で歌うの、久しぶりだろ?）（八年ぐらいかな。大学四年のとき、このクラブがここに引っ越してくる前にオーディション受けて四回ぐらいライブやったんだけどね。一緒にバンドやってた友だちと）（結局、またやってるんだな。前は何でやめたのさ?）（卑怯だったんだね）（どうして急に、あんな結婚したの?）（相手が医者だったから）（それだけ?）（あたしが俗物だからさ）（辛辣だね）（あたし、根本的に、偉大さってもんが欠けてんのね）

爪を全部切り終わったイナがワンピースのポケットに爪切りを入れた。タバコを取り出し、歯でくわえ、ライターを手探りしているイナの弾力のある頰に僕は手を乗せてみたかった。だが、握手することさえ思いつかなかった。

クラブに戻り、僕はバーで缶ビールを受け取って壁際のいちばん暗い席に座った。二十人にも満たない観客に後ろ姿を見せて、イナはドラムとキーボードのスタジオミュージシャンに挨拶し、チューニングをしていた。ミネラルウォーターの小さいびんを傾けて、ときどき口を湿らせていた。

とうとう始まったライブで、イナは自分に許された五曲の歌を歌った。最初の曲を歌ったあと、簡単に自分とメンバーの紹介をして、次の二曲を続けて歌い、それから、この前見たという夢の話で観客を笑わせ（夢で、ギターを弾いてたら、弦が切れたんですよ。予備の弦がなかったから次のバンドの人にギターを借りたんだけど、同じところでまた弦が切れちゃって。ちょっと待ってくださいって言って外に出て、弦を買おうとしたんですけど、道がものすごく入り組んでて、変なところに出ちゃって）、次にアップテンポの曲を歌った。そこまでは、ＣＤに入っている、僕も知っている曲だった。次に歌った最後の曲は、しばらく前に新しく作ったという、静かなキーボードのイントロで始まる曲だった。

夏の日の夜遅く
くたびれはてて
地下鉄の駅から出てきたの
あおーい顔して、ひげを生やした
男の人が集まって
段ボール箱に座っていたの
一面のプラカードが挽章（弔いのときに棺の後ろに従う、追悼の文を書いたのぼり）みたいで
別の出口かと思ったわ
立ち止まって、それを読んだら

予想もできなかった歌詞の内容に、客席には重たい沈黙が漂った。その瞬間、ドラムが入った。イナの細い手がストロークを始めた。高音域に入ると哀切さを増すその声が、曲のビートとは対照的に黙り込む客席の上に響き渡った。

彼らの要求は
あたしが死ぬこと
だけどあたしは死ななくて

風の音が混じったようなファルセットで、イナはリフレインに向かって飛び込んでいった。

そのときだったわ、心臓に
冷たい炎が燃え移り
あたしの目から、うろこが一枚
ばりばり剝がれて落ちたのは

今、僕とイナの散歩は繁華街を完全に抜け出たところだ。イナのマンションに近づくにつれて、歩道の敷石がひどくでこぼこになってくる。僕の靴の細く尖ったヒールがよろける。ちょっとくじき気味の足首が、両側にがくんと反ってしまう。

足、痛いんじゃない?

イナがたしなめるように聞く。

だからあんまり高いヒール買うのやめようって言ったのに。背も高くなりすぎるし。

僕は笑いながら答える。

気持ちいいぐらいの痛さだよ。

低い声でイナが一緒に笑う。僕がどんなに危うい境界の上にいるか、気づかせてくれるような笑い方だ。僕がどんなに切実に女になりたがっているかわからせてくれたのもイナなら、男の体で女を抱きたくなることもあるとわからせてくれたのもイナだ。小さいとき、だんだん暗くなる通りを眺めながら母さんが帰ってくるのを待っていた夕方を思い出させてくれる人も、傘がなく、講堂の軒下に立って、弱まらない雨足を見ていた午後を思い出させてくれる人もイナだ。そんなときに漠然と会いたかったまだ見ぬ誰かの色白な顔と、いつのまにか重なってくる人もイナだ。

イナの顔から笑いはすぐに消える。僕ももう笑わない。十センチヒールのエナメルの靴をずるずると引きずって、さらに歩いていく。涸れてしまった井戸の内部のような狭くて暗い路地にさしかかるとき、彼女に、あの歌を歌ってくれと僕は頼む。

どの歌?

あれだよ、昔歌ってたじゃないか。何でCDに入れなかったのか、気になってたんだ。

昔って、いつ?

僕は覚えているところを歌ってやる。

　エウロパ、
凍りついたエウロパ

あなたは木星の月

イナが吹き出す。
あたし、あんたの前でいつ、その歌、歌った？
僕はちょっとがっかりする。イナはあの夜のことを忘れたのだ。
歌詞が長いから、忘れちゃってると思う。
イナがためらう。
……最後まで歌えないかもしれないけど。
だが、ためらいを捨てて、彼女は小声で歌いはじめる。

エウロパ、
あなたは木星の月
岩の代わりに
氷におおわれた月

地球の月みたいに白いけど
地球の月みたいな
傷はない

大きな隕石が落ちた痕も
氷が溶けて溢れてきては
きれいに丸く、直してしまう
巨きなガラス玉みたいにすべすべの……

ほっそりとした僕らの影法師が路上で、僕らの前を歩いていくのを僕は見守る。小声のハミングでリフレインを一緒に歌う。キーを低めにしているので、イナの声はあの、哀切さを増す高音域には達しない。全部歌い終わるまで、彼女の声は低くて重い。

エウロパ、
凍りついたエウロパ
あなたは木星の月
私の命の果てまで生きても
あなたには触れない、冷たいエウロパ

ほとんどの人たちは一生のあいだ、色や形を大きく変えずに生きていく。けれどもある人たちは何度にもわたって自分の体を取り替える。この十年間に僕が見てきたイナはそういう人だったと、今はわかる気がする。

去年一年間、イナは呼ばれたらどこへでも行って歌っていた。若干の報酬が出ることもあったが、交通費も出ないのがほとんどだ。歌が終わると聴衆と一緒に街頭に出てデモをし、催涙剤の入った放水を浴びてギターが台無しになったこともある。イナは今では、僕が知らない大勢の人たちと会い、親しくつきあっている。これからもっと多くの人たちと会うのだろう。二か月ぐらい前にイナの家に行ったとき、彼女は僕に言った。

（夜中に電話が来たの。取り調べることがあるからすぐに家に連行しに行くって。一時間後に到着するから準備しておけって言われた。顔洗って、服着て、ナプキン何枚かと、前に飲んでた精神安定剤をジャンパーの内ポケットに入れて待ってたんだけど、結局誰も来なかったんだよ。ただ脅かすためだけにあんなことやるんだと思う。変だよね。そんなの、九〇年代までに全部なくなったと思ってたのに）

そのとき僕は夜の散歩に出るために、ちょうど顔を洗ったところだった。ひげの跡ができるだけ残らないように剃り直した僕の顔は、鏡の中でまっ青だった。鏡を通して僕を見つめているイナの顔は、前の晩眠れなかったせいか、実際よりも年を取って見える。何気ないふりをして僕は尋ねた。

（……どうしてもああいうところで歌わなきゃいけないの？　もともと、その手のことには関心なかっただろ）

ベッドの上であぐらをかいて座ったまましばらく考えに沈んでいた彼女が聞き返す。

（覚えてる？　前、あんたに、あたしを説得してみろって言ったじゃない）

うなずきはしなかったが、僕は覚えていた。イナが歌を歌うようになる直前、彼女は再起できないだろうと僕がひそかに罪の意識を覚えながら予感していたころのことだ。どうしてこれからも生きなきゃいけないのか説得してみてよ、とイナが僕に言った。だって、あたしがこれからも生きることに何の意味があるのと。

ためらう僕の答えを待たずに、イナは言った。

（あたしには根本的に偉大さってもんが欠けてるの。この話も前にしたよね、覚えてる？）

覚えていたけれど、僕はやはり答えなかった。鏡の前で振り向いて向き直ると、イナの淡々とした目が僕の顔を落ち着いて見つめていた。

（あたしはもう年を取ったし、これからもっと老いていくのよ）

イナが口をつぐんだり、また開けたりするたび、細いしわが口元に刻まれては消えるのを僕は見た。

彼女が半年ぐらい前、臓器と角膜提供の誓約をしたことを僕は知っていた。元気が出るたびに献血車のビニールベッドに横になり、二パックずつ血を抜いてきたということを、引き出しから偶然に見つけた何十枚もの献血証明書を見て知った。死体も医学生の解剖実習に提供するつもりだと彼女が何気なく言ったとき、僕は聞こえないふりをして目をそらしていた。肉をすっかりこそげとられたイナが体をびくつかせて、手術用ベッドの上で身をよじる幻想のせいだった。

（あたし、自分の中を行けるところまで行ってみたの。外に出る以外、道がない。それがわかったとき、もうお葬式は終わったと思ったの。これ以上、お葬式をやってるみたいな生き方はできないってわかったんだ。もちろんあたしはまだ人が信じられないし、この世界も信じてないよ。だけど、自分自身を信じないことに比べたらそんな幻滅は何でもないと思う）

何かに抗議するような断固たるその口ぶりに、僕は息を殺したまま耳を傾けた。

（だけど、今あたしが言ったことは、あんたがさっき聞いた、どうしてそんなとこに行ってあんな歌を歌うのかって質問への本当の答えじゃないよね。それは、あんたに言いたくないことなの）

もうずっと前のことだ。

彼女がふっと、手伝うよ、と言ったとき、僕は何のことかすぐには理解できなかった。（あんたがなりたいものになることをね。何を手伝ったらいいか考えてみる）。それは彼女がまた曲を書きはじめたとき、枯れたと思っていた植木鉢から花開くように鮮やかに咲きはじめたとき、僕らが夜の散歩を始める直前のことだった。

その後一年半ほどの時間が一気に流れて、イナが最初のライブをやったクラブに一緒に行ったことがある。口コミに乗ってＣＤが徐々に売れだし、イナの観客だけが増えてきたので、もうイナはそのクラブで他のバンドと一緒にノーギャラで歌わなくてもよくなった。小劇場や他のクラブを一日借りて、単独ライブをやれるようになったのだ。けれどもイナはときどきそのクラブに行き、すみっこの席で一人で過ごしては帰ってくることがあると言っていたが、その日は僕が同行したのだった。

その夜のバンドはみんな、観客たちの心臓にびんびん響くような大音量で演奏していた。おかげで歌詞はほとんど聞き取れなかった。彼らのエレキギターとベースとドラムと観客の心臓――特に僕の――が一緒に血を吹いて爆発しそうだったので、僕はイナに、もう出ようと言った。きしむ木造の階段を上って地上に出ると、初冬の夜気はひどく静かで、冷たかった。

（ほんとは、ライブよりいいのは一人でいる時間だよ。たぶんみんながそうだろうけど）、とそのときイナは笑いながら言った。振り向いた僕に向かっていたずらっぽく鼻にしわを寄せた。（部屋で一人でギター抱えて、音とって、歌詞つけて、直して、また音を探して、書き取って、歌ってみる、そういうとき）

優しく僕の名前を呼んだあと、イナは続けて問いかけた。（もしもあんたが望み通りに生まれてきてたら、何をしてたと思う？）　僕は答えなかった。（思い通りに生きていけたら何をしてる？）僕はやっぱり答えられなかった。その瞬間、狂おしいほど熱くこみ上げてきた言葉を僕が口にしていたら、僕らは初めてけんかしたかもしれないし、それでおしまいになったかもしれなかった。やめてくれよ。僕が君を愛してるとしても、そんな答えを僕に言わせることが可能だなんて思うなよ。黙れ。黙れってば。

クレンジングオイルで化粧を落とし、熱いシャワーで長いこと体を洗ったあと、朝着てきた服を一枚一枚身につけていく。洗面台の上の鏡の中から僕を見ている、よく知っている、だが見慣れない顔と向かい合う。それが誰なのか僕は知らない。誰なのか一度も理解できなかった人間がそこにいる。もう青年ではない顔、徐々にできてきた頑固なしわとともに老いていく男の顔を僕は見る。

洗っているあいだは水音のせいで聞こえなかったが、アンプをつないでいないエレキギターの金属音がイナの練習室から漏れてくる。ちょっと前に路上で歌っていた歌のゆったりした変奏が終わるまで、僕は壁のタイルにもたれて立っている。練習室のドアが静かに開き、また閉まる音を確認してから、冷たい水を出してもう一度顔を洗う。

シャワーを浴びながら洗っておいたブラジャーとストッキングを持って出て、ベランダの物干し台に広げて干す。カールがつぶれないようにかつらを丸めてイナのたんすの引き出しの奥にしまい、ワンピースとスカーフを洋服かけにかけ直す。いつのまにかイナはベッドに深くもぐり込み、黙って僕を見つめている。夜がふけてさらに濃くなった彼女の目の下の黒い影を僕は見る。お葬式は終わったというのに、なぜイナはまた悪夢を見るのだろう。

彼女が見ている悪夢のことは知らないけれど、僕が見るいちばん内緒でわいせつな夢のことなら知っている。ときどき僕はイナの体のいちばんふしぎなところにキスする夢を見る。彼女の腰骨のすぐ内側、青っぽい、糸のように細い血管二筋が繊細な結び目のようにからみあってきゅっと突き出したところ。青ざめた薄い肌の内側に透けて見える、ごく小さな奇形の痕跡の上に僕は何度も何度も唇を押し当てる。夢の中でそれはあまりに幸福だから、いつまでもやめたくない。彼女の骨盤がうごめくたび、いっそう優しくキスをする。僕の舌とそこの部分の肌がくっついて、永遠に離れそうにない。

それはずっと前、彼女が暗く沈んで危機に瀕していたころ、たった一夜、ほんの何時間かだけ許されたことだったと僕は知っている。あんなことがあったあとでも僕らが生きていかなければならないことも知っている。すべてのことが幻のようにしばし実現し、たちまち破壊され、そのあとも黒い海の裏側のような街を一歩ずつ、釘を打ち込むようにして進むことだけが残されていると、知っている。

僕は黙ってベッドに近づき、イナに短くキスをする。イナの唇から苦いタバコの匂いがする。彼女はまだ僕を卑怯者と呼んだことはない。狭くて高い平均台のような、僕が生きている境界から飛び降りろと言ったこともない。ただ、ときどき一緒に夜の街を歩いてくれるだけだ。僕らのあいだに何ごともなかったように、優しく、そしてつれなく。砕けそうなほど強くお互いの体を何度も抱きしめ、鎖骨をまさぐり、苦痛に近いほどの愛着を感じながら、温かい肌をこすりつけあったことなどなかったように。

ライブ、がんばってね。金曜日の。

イナは返事する代わりに笑いながら言う。

送らないからね。

僕もまた人を信じないと、ときに僕に苦痛を与えるイナの笑顔を見ながらそう思う。いつか彼女が僕に、僕が彼女に、深い傷を負わせるだろうと僕は知っている。僕らの散歩が永遠に続かないことも知っている。

イナの部屋を出る前に僕は聞く。

そのまま寝る？　電気、消してやろうか？

まだ微笑を浮かべたまま、彼女がうなずく。

服従するように、僕はスイッチを下げる。イナの引き締まった青い顔が一瞬にして闇に沈む。再びスイッチを入れて鋭い光を呼び込んだり、あのあいまいな闇に向かって悲鳴を上げたい衝動を、僕は静かに抑えている。

フンザ

훈자

死んだ野良猫を避けて、彼女は無理やり車線を変える。今日で四日めだ。鮮やかな黄色い毛とやわらかい肉の輪郭がはっきり認められたあの猫は今や、ほとんど腐敗している。あと何日かしたら、体積を感じることもできないほどつぶれてしまうだろう。

彼女はスピードを上げる。時速一二〇キロで走る車たちの轟音の中で、乗って十年めの小型車がぞっとするような騒音を立てる。アクセルを踏むたび、何十匹もの昆虫の羽ばたきのような音がだんだん大きくなる。彼女はラジオをつけては消す。テープを入れては出す。トンネルの闇の中に飲み込まれる。光の中へまた吐き出される。一声、悲鳴のように、すばやく短く。

私、殺してない、と彼女は声に出してつぶやく。自分の声を跡形もなく飲み込むのがあのおぞましい騒音ではなく、のろのろと暮れていく夏の陽射しであるかのように。両手でハンドルを握ったまま眉をひそめる。

猫はあのときすでに、死んでいたのだ。

あれをよけようとしたら左車線の軽油輸送トラックと衝突していただろう。夕方の陽射しを受けて光る黄色い毛はもう、血に濡れていた。

あの毛が動いたように見えたのは、疾走する巨大なトラックが巻き起こした風のせいだった。


あのやわらかい肉体が彼女の車のタイヤですりつぶされたときの感覚を、忘れられたらいいのだが。けれども、彼女はそのせいで苦痛を感じたのではない。

この何年かのあいだに一日でも、死んだようにぐっすりと眠れたらよかったのだが。

しかしそれも理由のすべてではない。

残業と徹夜続きでくたくたになる監査のシーズンが迫っている。彼女の夫の置かれた立場はもっと悪くなりつつあり、彼女の息子は今、一人で彼女を待っている。

しかしこのうちのどれも、彼女が今感じている苦痛を全部説明することはできない。


高速道路をひた走る車の運転席は、考えごとに深く沈潜するには良い場所だ。それは同時に、正気の沙汰ではない。

十年間行き来しているこの通勤路で、彼女は稀に、声を出して祈った。どんな宗教も信じたことがないので、ただ湧き上がる言葉を必死で吐き出した。それから、後ろからぴったりついてくる車やウィンカーも出さずに割り込んでこようとする隣車線の車に向かって大きくクラクションを鳴らした。もっと稀には、ラジオを大音量にして一分おきにチャンネルを変え、ニュース、トーク番組、音楽番組から流れてくるいろんな声にいちいち横槍を入れた。ひどく曇って視界が狭い日、フロントガラスのひやりとするほどぎりぎり近くをかすめていくカササギに向かって、つぶやいたこともあった。

低いよ、それじゃ死ぬよ。

アクセルを踏んでいた右のふくらはぎにこむらがえりが起きたこともあった。彼女は左足でアクセルとブレーキを交互に踏みながら安全地帯に車を停め、恐怖が落ち着くまで、罵声と祈りを半々に混ぜてつぶやきつづけた。

だが、そんなふうに彼女が車の中で一人言を言うのは例外的なことだ。常日ごろもそうであるように、彼女は運転するときも静かだ。音楽がかけっ放しになっていても、耳を傾けて聞き入ったりしない。だが、それが正気の沙汰でないとしても、考えごとに沈むことはやめられない。

優しく、物寂しげに横たわった山に向かって走り、巨大な錐で穴を開けたようなトンネルにすっと入り、トンネルの入り口に咲いていた、棺の装飾に使うような白い花を思い出しながら彼女は思いにふける。出口の明かりを目指して走るあいだ、すべてを忘れている。自分がいくつめのトンネルを通過したのか、これから通行券を抜くのか、またはもう抜いたのか、今が一日のうちのいつなのか忘れている。自分の名前を、顔を、忘れている。

フンザ。

そうやって彼女が深く思いをめぐらしているのはフンザのことだ。

七年前の早春、同じ部署の同僚たちと共にした昼食の席で、彼女はその地名を初めて聞いた。そこには、大学卒業前に一年間、辺境を旅してきたという取引先の若い男性社員がいた。そばやそば粉のムック（どんぐり、そば、緑豆などのでんぷん質を固めて作る韓国の伝統食材。たれをかけたり、あえものにして食べる）、そば粉のお焼きなどがぎっしり並んだ田舎風の食膳を前にして、彼は皆に問われるままに素直に自らの旅行体験を披露していた。いちばん印象深かったのはどこかという質問に、彼は強い大邱《テグ》なまりでフンザだと答えた。フンザ？　女性の名前じゃないのか？（女性の名前「〇〇子」を韓国語読みにすると「〇〇ザ」に近い発音になるためこのような反応が出る）と部長が聞き返し、その場は爆笑に包まれた。そうか、それでそこは何をする場所なんだ？　かつての奥地旅行者は顔を赤らめて答えた。万年雪に取り囲まれてて、杏の花がどこまでも咲いているんです。からからと笑いながら部長が言った。つまり、桃源郷ってわけだな。テーブルにまた笑いが広がった。

その日の帰り道、彼女は近くの大型書店に寄って『ロンリー・プラネット』のパキスタン編を探した。英語版しかなく、そのうえフンザに関する部分は四、五ページにすぎなかった。手ぶらで帰った彼女は夜中に起き出し、リビングのコンピュータを立ち上げた。ちかちかとカーソルが点滅する検索ボックスに、初めて「フンザ」と打ち込んだ。

フンザ、千年前に滅亡したフンザ国の遺跡。パキスタンの東北に位置する山間部の奥地。そこに行くには二つの陸路のうちどちらかを選ばなくてはならない。一つめは、中国の新疆の国境都市であるカシュガルからまる二日バスに乗っていくコース。二つめはパキスタンの首都イスラマバードからバスで一日かかるコースだ。

夜が明けるまで、彼女は王宮というには素朴すぎるフンザ城の内部を見、山上の氷河が溶けて地中に降りてきたのをパイプを通して使うという、米のとぎ汁のように濃く濁った水道水の白さを見た。フンザの人々は小さな体に東洋と西洋の人種が混ざった美しい顔をしていた。子どもたちは粗末なセーターを着て、写真を撮られるのが好きらしく、歯を見せて笑いながら彼女の顔を凝視していた。

その春が終わるまで、まぶしい陽射しの中を車を駆って出社するとき必ず、三十一歳の彼女はフンザのことを考えた。両の目にずきずきと沁みるほどまぶしい、生理的な涙が溜まってくるような光、ゆらゆらと立ち上る魔性の光の中でカーブを切りながら、フンザを思った。

彼女は最初の陸路が気に入った。建設するときに大勢の人夫が死んだというカラコルム・ハイウェイの絶壁の道を走り、日が暮れたら交通賓館（トルファンにあるホテル）に泊まる。翌日は朝早くまたバスに乗り、一日ぶっ通しで走るのだ。どこへ目をやっても海抜六千メートルの雪におおわれた峰々が見える、地球上で最も美しいといわれる道。フンザは突然、ため息をつくようにだしぬけに現れるだろう。標高が高いため、晩春になってようやく杏の花があちこちに咲きだす場所。秋ともなれば干し杏がどの店にもたっぷり出回る場所。一度入ったら出ていきたくなくなるため、長期旅行者たちにはブラックホールと呼ばれているその地。

その春、彼女の子どもはちょうど二歳を過ぎたところだった。風呂に入れた直後以外はいつも全身がべたべたしており、その年ごろの子どもによくあるように、しきりにちょっとした嘔吐をくり返し、長時間一緒にいてやれない彼女を本能的に、切実に愛していた。一日の長い仕事に疲れた彼女が帰宅するとベビーシッターはすぐに退去する。朝、彼女と別れるのが怖くて泣いた子どもは、そのときはベビーシッターと別れるのが怖くて泣き、ベビーシッターが玄関を出ると今度は彼女にぎゅっとしがみついて離れようとしなかった。

彼女が子どもに対して抱いていた感情は、愛情というより一種の苦痛に近かった。しばらく前に子どもが肺炎にかかって回復したとき、苦痛はさらに深まった。汗に濡れた子どものかぼそい髪の毛や、風邪の日の夜、熱のせいで食べたものを全部吐き、親指をしゃぶりながら寝ているその横顔を撫でてやるとき、わが子なのにもかかわらず彼女の手はときどき緊張に震えた。むずかって寝つきの悪い子どもをようやく寝かしつけたあと、高速の運転のせいでがちがちにこわばった肩を時間をかけて自分の手で揉みほぐし、暗闇の中で目を開けたまま、彼女は白っぽい天井を見上げていた。

首都圏の二か所の大学の非常勤講師として一般教養の哲学を教えてきた彼女の夫はおおむね帰宅が遅く、たまに早く帰宅した日も子どもをかわいがりはしなかった。子どもが泣いているのに、座卓の前で背中を丸め、半ば突っ伏すようにして論文に手を入れているときもあった。子どもも父親になつかなかった。ときどき父親が抱こうとすると、手足をばたばたさせて大声で泣いた。

臨月のころ彼女は、夫が初の面接で締めるネクタイを買うために夜遅くまで街を歩き回ったことがあった。まるで、いいネクタイを選ぶことに明日の面接の成否がかかっているみたいに、張り出したおなかをかかえて彼女は何軒もの店の売り場をのぞき、夫の顔を何度も目の前に思い描き、値段を比較し、空中に思い浮かべた人間にシャツを着せてネクタイを当ててみた。

何度かの失望を経てようやく、夫が職場を得られる可能性はきわめて低いという事実を彼女は認めた。いくつかの理由から彼は同年代の人に比べて学位を遅く取得したのだが、問題はそれだけではなかった。彼はとりわけ他人とうまく折り合えない人間だった。固有の個性と呼ぶしかない独特の鈍感さが彼にはあり、諦念に近いその無関心さのおかげで、いかなる挫折も怒りもそっとやりすごして生きているように見えた。同時に、情熱や哀れみ、粘り強い深い愛情までが、苦々しげに淡々と彼を通り越して消え去った。

その春、彼女が自分のがちがちに凝った肩を揉み、暗闇の中で白っぽい天井を見上げながら受け入れたのは、自分が唯一の人間だという事実だった。この家でずっとずっと働き、家計をやりくりする唯一の人間。子どもが成長するまで無条件に愛情を注がなければならない、唯一の人間。

その年の秋、彼女はまだ三歳にならない子どもを区立の保育所に入れた。ベビーシッターに払っていた謝礼との差額分だけ余裕ができたので、チョンセ金（チョンセは韓国特有の賃貸システムで、入居者が最初に大家に多額の保証金＝チョンセ金を渡して入居し、月家賃は発生しない。チョンセ金は退去時に全額返却される）と住宅ローンを合わせて近くの小さなマンションを購入する勇気が出た。

その後七年近く、毎月、給与の三分の一が元金と利子として自動引き落としされたが、彼女はまだローンの半分も返せていなかった。二度のリストラに奇跡的に生き残り、職階はかたつむりのようにのろのろと上を目指して這い上がっていたが、給与はあれこれ理由をつけて長いこと据え置きにされたり、むしろ減額されたりした。

彼女の夫は依然として正規の職場を得ることができずにいた。同年代の人々より早く前髪が白くなり、背中が丸くなった。子どもはぐんぐん育って小学生になり、マンション敷地内の商店街の中にあるさまざまな塾を転々と移動しながら長い午後を過ごしていた。

長期間にわたって、彼女はフンザとその近隣地域の情勢に注意を払ってきた。一つめの陸路の起点であるカシュガルは、新疆・ウイグル独立運動の聖地となっていた。パキスタンでは長い内戦が停戦と再燃をくり返していた。奥地に位置するフンザは相変わらずひっそりとしているはずだったが、そこに入る二つのルートは安全とはいいがたかった。

彼女は、探検家や登山家、戦場ジャーナリストになれるような性格ではなかった。フンザからこんなに遠く離れているのに、彼女はときどき灯火管制と夜間の爆撃、少年たちの自爆テロに関する悪夢を見た。

フンザに入る陸路の危険がやわらぐ時期が比較的長く続くこともあった。経験豊かな旅行者たちは情勢をよく判断してフンザを旅し、インターネットのあちこちにその痕跡を残していった。彼女はそれらを全部探して読んだ。ネットサーフィンができる時間は長くなかったが、ブラウザを閉じる直前にはいつも検索ボックスにフンザと打ち込んでいたからだ。

検索ポータルサイトのブログや掲示板に載った文章や写真の中で、フンザは徐々に変化しつつあった。小さいが清潔なホテルができ、しだいに増えてきた観光客のために土産物を売る店もできた。夜の治安も以前とは変わり、フンザで路地を散歩していて身ぐるみはがれた旅行者もいるという。

フンザからこんなに遠く離れた真夜中に、彼女はさびれた路地にうつ伏せになった自分の、泥まみれの後ろ姿を見おろす夢を見た。

そんな晩春の日、彼女は同僚たちと一緒にレストランに行き、大きな壁かけ式のテレビ画面に映し出されたコマーシャルを見た。まぶしいほどに色白な女優が池の水で顔を洗っており、その池には雪をかぶった山の峰が映っていた。精巧な作りの化粧品の容器が、氷におおわれた山の頂に重なった。

アルプスかな、と何気なく思っていると、彼女の耳にコマーシャルの言葉が入ってきた――世界的な長寿村、フンザの氷河が溶けた水を配合しています。

フンザの杏の木がゆっくりと画面を通り過ぎて消えていったとき、彼女は放心したように顔を歪めて笑った。係長、何で笑ってるんです？　いちばん年下の社員に何と答えていいかわからず、彼女は首まで赤くなった。


長く続いた習慣だったので、彼女はフンザを思うことをやめられなかった。

彼女が思いつづけていたかったのは、もはやフンザではないフンザだった。

フンザではないフンザを思うことは、フンザであるフンザについて考えることより大変だったし、ほとんど不可能だった。

彼女のフンザは、英語版『ロンリー・プラネット』のパキスタン編には決して存在せず、彼女がパスワードを設定したフォルダに入っている新疆とパキスタンの地図の中にもなかった。検索ボックスにフンザと打ち込むと現れるブログや掲示板にもなかった。長くてややこしい化粧品の名前や、彫刻のように美しい女優の横顔にもなかった。

彼女の無数の悪夢の中で、フンザの渓谷をおおっていた雪はコールタールのようにべとべとに溶け落ちていた。交通賓館に泊まっていた彼女は、厚い、じっとりと湿った絨毯にくるまれて拉致された。まっ黒なブルカ。おぞましい監禁と強姦と労働。望みのない脱出。

無数の悪夢の中で、彼女はパキスタンに入る国境の検問所でパスポートと荷物を没収された。地べたにひざまずくと、銃口がこめかみに狙いを定めた。

無数の暗い幻想の中で、彼女は古い車で空港へと向かっており、過熱したエンジンが爆発する熱気に耐えた。または愚かにも飛行機の貨物室に入り込み、寒さに凍えてこわばっていた。フンザの鋭い氷河に投げ出されて頭が粉々に砕けていた。

彼女はカラコルム・ハイウェイを裸足で歩き、東の方角が明けそめるころ、まっ青な下弦の月が闇の中でかみそりの刃のように浮かんでいるのを見た。音もなく近づいてくる山の獣たちにのどを引き裂かれ、そこからは悲鳴も漏れてこなかった。

彼女の子どもがけがをしたのは、そのようにして初夏を迎えたころだった。

白い半袖のTシャツが血まみれになるほどのけがだった。幸い骨折はしなかったが、左足首の靭帯が伸びてしまったので半ギプスをしなくてはならなかった。顔には、大人になるまで痕が残る傷もたくさんできた。マンションの敷地内の道で補助輪なしの自転車に乗っていた子どもの左すれすれを車が通ったのだ。右側にはワゴン車が停まっていた。子どもは自転車にブレーキをかける代わりに目をつぶった。

一、二、三。三つ数えたら変身できるって考えてたの。

病院のベッドで、子どもは告白した。

会社からまっすぐ駆けつけた彼女は、口ごもりながら尋ねた。

……何に？

スピード・モンスターに。

若い児童カウンセラーの深刻そうな表情を見ながら、努めて淡々と彼女は説明した。もうちょっと長く子どもと一緒にいてやりたいけれど、それができない自分の状況について。育児の責任を担うことも、情緒面で助けになってくれることもできない夫の性格について。

カウンセラーは彼女の告白に全面的に——職業的に——共感し、もう、両家の家系の精神病歴を尋ねたり、目を丸くしたりはしなかった。その代わり、三つの解決策を彼女に示した。一つ、子どもの面倒を見てくれる第三の協力者を探すこと。二つ、子どもと一緒にいるときだけは、何も気にしないで楽しく過ごすこと。三つ、彼女の夫を自分のカウンセリングルームによこすこと。これ以上つけ加えることもない明確なその答えを聞いて、彼女はうなずいた。

さらに一か月が過ぎたが、彼女は助けてくれる第三の人物を見つけられなかった。夫を説得してカウンセリングに行かせることもできなかった。ただ、子どもと一緒に過ごす短いひとときだけは、才能の不足を熱意だけで補おうとする喜劇俳優のように振る舞っていた。冗談を連発し、はしゃいで足を踏み鳴らし、きゃっきゃっと笑っているときに突然、薄氷のようにはかなく鋭い幸福を感じた。ときどき、自分はひそかに狂っていくのか、ほかならぬ自分自身がむしろ子どもに致命的な悪影響を与えているのではないかと、こんこんと自問した。


彼女はもうフンザを思いはしなかった。

フンザであるフンザについても、フンザではないフンザについても考えなかった。

いつもそうだったように、深く眠れはしなかったが、もう悪夢に苦しみもしなかった。

そしてある日から、睡眠不足のせいで実際よりも乾いてざらざらに見える現実世界の表面に、決してフンザではありえないものたちが浮かんでは、消えた。

それがフンザであることを彼女しか知らないものたち、それがなぜフンザなのか、誰にも、自分自身にさえ説明できないものたちが。


最初に浮かんで消えたのは、大学時代、ある先輩と図書館の裏のベンチに座っていた午後の記憶だった。胃もたれすると彼女が言うと、田舎の出身だった彼が男に似合わずかばんに入れていた裁縫セットを取り出した。手を出すように彼女に言い、そして親指に白い糸をぐるぐる巻いた。ライターで針を炙ると、彼は言った。

刺すよ。

彼女はうなずき、若干の痛みに耐え、黒っぽい血が一滴、指から流れるのを見た。とても穏やかな、呆けたように見える笑みがしばらくのあいだ、先輩の顔に広がった。

ほら、まっ黒い血が出た。ずいぶんもたれていたんだね。これでもう治るよ。


次に、もっと短く一瞬思い出したのは、彼女が八歳のとき二か月間飼っていたひよこのことだった。薄黄色の短い毛。彼女の肩から落ちるまいとしてひよこが足の爪を曲げていたあの感覚。泣くのをがまんしているとのどが痛くなることを初めて知った、あの夜明け。固くなった翼、三時間かけて徐々に光を失い、曇っていったあの日。
手をトナーだらけにしてコピー機の前で過ごした、試用期間の夕暮れ。光がコピー機のガラスを撫でて過ぎるたびに目を上げて、窓の向こうのビルの屋上を見ていたこと。

二年前、引率者として新入社員の合宿研修に行ったとき、みんなが寝入った真夜中に、一人、ハイヒールのままで宿の近くの龍門寺《ヨンムンサ》まで歩いて登っていったこと。前の日に降った雪が溶けておらず、何度も足を滑らせたこと。境内に立っている、奇怪な姿の銀杏の老木を目指して歩いていき、雪のついたズボンの裾を払いながら説明文を読んだこと。

樹齢　一一〇〇年
性別　Female

それまで彼女は、千百年も生きた生命体に出会ったことはなかった。その巨大な木の――女の――老いてやせこけた梢を、首を思いきりそらして彼女は見上げた。何か祈りたいと思ったけれども、どんな言葉も浮かんでこなかった。何でもいいから言ってちょうだい、と彼女は口の中でつぶやいた。

ずうっとこんなふうにして、歩きつづけなくてはならないの。あなたに答えてほしいのよ。答えを聞くために目を閉じた瞬間、やせてねじれた枝々を通過して、橙色の日の光が彼女のまぶたを射抜いた。まぶたがかっと熱くなる前に彼女は目を大きく見開いた。

木に背を向けて向き直ると、今しがた彼女が歩いてきた山道はまだまっ暗だった。鋭い橙色の光は彼女の両のまぶたに、しびれる網膜の上に、解読不能な文字のように捺されて輝いた。

あなたを産んだ日には雨が降ってたんだよ。

股から血がひどく流れて、明け方まで酸素マスクをしていたの。

体じゅうの関節が腫れてしまって。

怪物みたいに顔がふくれて。目が開かなかったんだよ。

あなたの体はあぶくみたいにやわらかくて、触《さわ》れなかった。

手を伸ばして抱きしめることもできなかった。

彼女の口がふさがれるとき、フンザも口をふさがれた。

氷河が溶けた白っぽい水が白い血液のように排水管を流れているあいだ、

彼女が渇くと、フンザも渇いた。

彼女が汚されると、フンザも汚された。

彼女がつばを吐くと、フンザもつばを吐いた。


君を見てるとすごいと思うよ。どうしてそんなに疲れ知らずなんだろう。

……そうじゃないわ。疲れてるけど、がまんしてるだけだよ。

とにかく君のことは、尊敬するしかないよ。

違うよ。あなたは私を軽蔑してる。嫌ってるんだ。私、そう思う。

違う。僕が軽蔑しているのは、嫌悪しているのは、僕の人生なんだ。君が不可避的に僕の人生の一部になってしまっているだけだよ、君という女性を嫌ってるわけじゃない。

じゃあ、あなたがあなたの人生を嫌悪するとき、その中にいるあの子はどうなるの？　あの子のことも嫌悪してるの？

……そんなにきつく言わないでくれ。僕を責めるな。


おかあさん、僕、横断歩道を渡るとき目をつぶるんだ。

そうすると世の中が明るくなるんだよ。

変身するみたいに。

ほんとに変身するみたいなんだ。

彼女はハンドルを握った手に力をこめる。インターチェンジにさしかかり、急いでスピードを落とす。最初の信号の前で急停車しながら祈る。神を信じたことがないので、行きあたりばったりに言葉を吐き出す。

どうか、お願い、間違いがありませんよう。

暗くなったニュータウンの道路を、赤いブレーキランプを灯した車たちがぎっしりと連なって流れていく。彼女もフォグランプをつけ、ブレーキを踏みながら少しずつ前へと進んでいく。昨日まではなかった白いスプレーの線が道路のまん中に引かれている。薄い色のサンダルの片方が、粉々に割れたガラスのかけらがセンターラインにまで飛び散り、白っぽい光を放つ。

彼女はラジオをつけては消す。
テープを入れてはすぐに取り出す。
ぶるん、ぶるんと、十年も乗っている車がうめき声のような騒音を立てる。

私、殺してない、と彼女は低くつぶやく。

黒いアスファルトが敷き直された区間に彼女の車が進入する。車線が消えてまっ黒になったところに、あちこち白っぽい跡が残っている。不安げに大きなカーブを切りながら、彼女は目を見開く。前の車が吐き出しているブレーキランプの光が、しつこくざわめく道路の闇が、血液のように彼女の目に映って揺れている。

青い石

파란돌

1

久しぶりにあなたに呼びかけてみます。

そこであなたは、元気でいますか。私は今も、ここで元気にしています。三十六歳になり、笑うと目元に小じわができるようになり、髪の分け目の右側には白いものがけっこう見えます。たぶん早めに白髪頭になるのでしょう。

私が一歳、また一歳と年を取っていく様子が、少しずつ老いていく姿が見たいと、あなたはいつか言っていましたね。今のところはそれでもまだ、若いといえるでしょう。家の前の小さな小学校のグラウンドを一度も休まずに七周走ることができますし、一晩ぐらいなら東の空が明けるまで仕事をしても大丈夫です。

そうやって元気に暮らしているのです。寂しいときに木を数える癖、照れくさいときに手で額を隠す癖も変わりません。

あなたもそんなふうに、元気でいるでしょうか。

2

夜の樹木たちも変わっていません。葉むらは黒々として本来の色を潜め、がっしりした根元はどことなく、頑固そうに聞こえる言葉を樹皮の下に隠しているようです。今日は休むことにして、午後じゅうずっとベランダの前に置いた固い椅子に腰かけて、罰を受けた子どものようにあの木々を眺めていました。

そう、あの木でした。いえ、あの木そのものではないけれど、春のはじめのあんなふうな薄緑色の木でした。子を産むときに苦しんだ女が、産み月がめぐってくるとまたそこが痛むように、またあの木が怖くて視線をそらすことができませんでした。あれを見る以外、できることがありません。

十六歳の冬、私が初めて墨で描いた木のことを覚えていますか。その木は君に似ているね、とあなたが言ったのを私は覚えています。そしてあなたは、君が描く何もかもが実は君の自画像なんだとつけ加えましたね。あの日の午後ずっと、あなたの本棚を探して木の絵を見ていました。エゴン・シーレが描いたひ弱そうな若木の絵を見つけたとき、あなたの言葉をおぼろげに理解しました。すべての絵が自画像なら、木の絵は人間が描きうるいちばん静かな自画像だという思いも、そのときちらりとよぎりました。

あなたは木や鳥や人間を描きませんでしたね。爆発する星や、誕生してくる新星のようだったあれらの形象がたぶん、あなたの顔だったのだと思います。黒い墨を塗った二合（「合」は紙の厚さを表す単位。紙を梳くときに重ねて二倍の厚さにしたものが二合）の韓紙のまん中に、円盤の形をした厚い原紙（紙を梳く前の、どろどろの状態の原料のこと）のかたまりをくっつけておき、あなたは大きな園芸用の霧吹きでその上にたっぷり水を含ませましたね。浸透圧現象によって白い水の流れができ、それが墨を押し流しながら丸く広がっていきました。指尺（手の親指と中指を広げた幅）で一つ分ぐらい広がるのに一週間かかりましたから、一つの作品が完成するのに少なく見ても四十日はかかったでしょう。水の流れが止まった縁が炎の先のように見えるのが面白くて、私は一時間でも二時間でも、完成したあなたの絵の前から動くことができませんでした。つまり、あなたの顔の前からです。外に出てちょっと歩こうか、とあなたに聞かれてやっと我に返りました。

あなたと一緒に歩くとき、私はいつもはらはらしていました。あなたが釘や画鋲などを踏むのではないか、草でどこかを切るんじゃないか、路地で子どもたちが蹴っているボールが当たってあざができるんじゃないかと思って。あなたの血はちょっとやそっとでは凝固しないので、鼻血が出ても輸血しなくてはならなかったそうですね。まるで地面を傷つけることを心配しているようだと思うほど優しいあなたの歩き方は、小さいときから何かにつけて用心深く生きてきたために身についた習慣の一つだと、そのころには私も知っていました。

ほら、見てごらん。ほんとに春だね。

あなたが長くて白いその指で指さしたとき、決してあなたを傷つけないやわらかな薄緑色の葉っぱを見て、ひそかに安堵したことを思い出します。

つまりそれが、あの木々なのです。生まれたての赤ん坊のような薄い葉っぱが、今萌え出したばかりの木々が怖いだなんて、あなたも理解できないでしょう。一年前だったら、私も理解できなかったでしょう。

3

しばらく前に新聞で、行動パターンに関するこんな記事を読みました。昔の友だちに突然電話する、昔の恩師を訪ねる、聖職者に会う、急に性格が明るくなったように見える。

自殺しようとしている人に共通の行動だから注意深く観察しろという説明がついていました。そのすべてが一年前の今ごろ自分がやったことだと気づいて、私はちょっと茫然としてしまいました。一つだけ記事と違っていたのは、自殺に先立つ時点ではなく、自殺を試みたあと、その日の午前中にやったという点です。

十年あまり前から年度別に保管していた手帳を全部取り出して机に積み上げ、私は電話をかけはじめました。仕事だけのつきあいで特に気が合っていたわけでもない人を除き、小学校の同級生から、引っ越しで会えなくなった昔の知り合いまで、良い思い出が残っている人や、何か言い残したことのある人全員に電話しました。番号が変わっていて電話が通じなかった場合は、知っていそうな人をたどって捜したりもしました。

話の中身はただの近況報告でした。ときどき、とても驚き、喜んでくれて、会いましょうと言う人がいれば約束し、カレンダーに日程を書き入れました。一人と話し終わるとすぐに電話機のフックを押し、次の人の電話番号の下に爪で線を引いていく私の動作には、ずっと前に美術雑誌で働いていたころ、急いで執筆者を探して原稿依頼をしていたときと似た機敏さが、そしておそらく若干の狂気がにじんでいたと思います。

窓からは昼前の陽射しが入ってきて、机の引き出しには、明け方に裏山に登ったときにぐるぐる巻いてシャツの前ポケットに入れていた、荷造り用の平たく固い紐が入っていました。警察に無駄な苦労をさせたくなくて一緒に入れておいた住民登録証も入っていました。受話器の向こうでちょっとめんくらっている相手にお元気ですかと問う自分の声が平和であることを、笑い声の明るさ、快活さを私は聞き取りました。

五十本あまりの電話をすべて終えてみると、四時間があっというまに過ぎていました。いったいあれは何のための行動だったのでしょう。必死に人とつながりたかったのでしょうか。良い思い出を蘇らせたかったのでしょうか。ああまでして、そのころ起きたことを体験する前の自分を呼び出していたのでしょうか。受け入れがたく、そして消すこともできない状況と記憶を、ああやって稀釈しようとしたのでしょうか。

ともかく、その後の一か月は予定外の約束で埋められました。その人たちと会うことはだいたいにおいて楽しく、深刻な話はほとんど出ませんでした。例外があるとしたら一度だけ、大学時代の恩師を訪ねていったときに投げかけた質問です。

……先生は、宗教が必要なときはありませんか？

そうだね、宗教的なものと宗教は別物だからね。でも、どうして？　最近そういうことに関心がある？

ちょっと……人間的な限界を感じて。

先生は何気なく言いました。

戦って、勝たなくちゃ。それでこそ絵が描ける。

その日地下鉄の駅まで私を送ってくださったのは、先生の持ち前の優しさのためだけだったのかどうか。恥ずかしいけれど私には確信が持てません。

4

そんなことがあった二か月後にこのマンションに引っ越したので、まだ一年にもなっていないのです。あまり静かな家ではありません。エレベーターを降りてすぐの部屋なので、足音や、大声で呼ぶ声などがして、表通りみたいに騒がしいのです。朝には、遠くを京春《キョンチュン》線が通り過ぎる音、鉄道の踏切りで鳴らす甲高い警笛の音、走って出勤する人たちのせわしい足音などが重なって聞こえてきます。なぜかその音が嫌ではないのは、年を取った証拠でしょうか。私の体内で死んでいた何かがうごめきだし、心臓が再び蘇って搏動するように感じます。

けれども今のように夜中の三時を過ぎれば、何もかもが静まり返ります。丈高い木々の向こうに広がった高層マンション群は暗闇に浸っています。一部屋ごとに死んだように眠る人々をぎっしりと安置した、鉄筋とコンクリートでできた巨大な納骨堂のようでもあります。

ときどき、あなたの家を思い出します。あなたがお姉さんと姪と一緒に暮らしていた、家ってこういうものなんだと私に思わせてくれた、こぢんまりとして居心地の良いあの家のことをです。広くない庭には柿と木蓮と棗《なつめ》の木が植えられ、春夏には牡丹や鳳仙花が咲いていたのを思い出します。平家でしたが、出入り口が別になった半地下の部屋があり、そこがあなたのアトリエでしたね。あなたの姪の友だちとしてあの家に出入りするようになり、初めてあなたに会ったときのことも思い出します。あなたは柿の木の下に立って空を見上げており、私たちが近づいたのにも気づきませんでしたね。

何見ているの、叔父さん？

友だちが尋ねると、あなたは青年のようににっこりと笑いました。古びた白いTシャツのあちこちに墨のしみがついているのが見えました。

うん。空をね。

私は頭をそらして空を見上げてみました。風のない日でしたが、上空の気象はそうではなかったのでしょう。むくむくとした白雲が、とても速く流れていました。あなたは友だちに尋ねました。

さつまいも茹でといたの、食べるか？

私は友だちと一緒に、初めてアトリエに入りました。あなたはちょっと変わっていました。全然、男の人みたいじゃなかったですから。ちょうど母方のおばさんたちみたいな優しさで、さつまいもを載せたお皿とお茶を持ってきてくれて、穏やかに微笑みながら友だちと私の話に耳を傾けていました。あなたの外見は、全体にやせているというだけで、別にかっこ悪いわけではありませんでした。それなのに、知らない男性と一緒にいるときに意識しがちな、ちょっとした心の揺れも緊張も、感じられませんでした。

これ、全部おじさんが描いたんですか?

私が聞くと、あなたはこう答えました。

水が描いたんだよ。僕は、水がよく流れるようにその道を開けてやったり止めてやったりするだけだ。植物を育てるのと似ているよね。

私は、星雲が炎のようにまっ白に燃え上がっているあなたの絵に近寄って立ちました。あなたは浸透圧と毛細管現象の原理を簡単に説明してくれて、豆つぶほどの原紙のかたまりに水をたっぷり含ませて絵に置くとその部分の水の密度が高まり、そっちの方にはもう水が流れていかないのだと言いました。楮《こうぞ》の皮で作った韓紙には毛細血管のような無数の繊維質の道があり、そこを伝って墨が広がっていく形をそうやって決めてやるのだということでした。ときどき、自分の体から血が出て、紙の血管の中を流れていくような気がするとも言っていましたね。

一ミリにも満たない韓紙の厚みの中にあたかも無限と思えるほどの深さがあり、それが水と墨の流れる空間になるのかと思うと、私はなぜか気が遠くなるように感じました。私があなたの絵をとても気に入ったので、友だちはちょっと驚いたようでした。

……また来て絵を見てもいいですか?

ためらったあげく私がそう尋ねると、あなたはあっさりとこう言いました。

そうっと来て絵を見ていくだけなら大丈夫だよ。声はかけないでね。

私の両親は一日じゅうお店にいたので、私は比較的行動が自由でした。同じ町内でしたから、週に一度ぐらいは友だちと一緒に学校帰りにあなたの家に行っていました。アトリエの沈黙が重苦しくて嫌だと言って友だちは自分の部屋にいたがり、私は約束通り口をつぐんだままで、アトリエのすみっこに座っていました。そっと本棚を探して画集を見たり、あなたの絵を見たり、作業に没頭しているあなたを見たりしていました。あなたの作業というのは実際は、床の毛布の上に広げた、黒い墨を含んだ韓紙を見おろしていることがほとんどでしたけれど。水の通り道が広がるのはひどくのろいので、湿度の高い時期には一週間経っても何の変化も感じられないほどでした。それでもあなたはじっと絵を見つめ、墨が乾いたり水の流れが止まったりしないように注意深く園芸用の霧吹きで水を吹きかけたり、原紙のかたまりをくっつけたりして、形を作っていきました。湿度が重要なのでアトリエはおおむねいつも湿っぽく、二重窓は閉めきられ、玄関には電気がついていました。空気にすっかり染みついていた墨の匂いが、今も漂ってくるようです。

私が先に沈黙を破ることはできませんでしたが、あなたはときどき私にあれこれと話しかけてくれました。静かな短い会話をやりとりするとあなたはまた作業に入り、私は画集や絵を眺めました。あなたが作業に熱中しているようなら、私は挨拶をせずに家に帰ることもありました。私がずっとあそこに出入りできたのはたぶん、黙っているという最初の約束をちゃんと守ったからでしょうね。

ともあれ、あのときぎれとぎれの会話を通して、あなたについてかなり多くのことを知るようになりました。あなたは三十六歳で——今の私と同い年ですね——初の個展をたぶん二年後ぐらいに開く予定で、結婚したことはなく、特に何かにぶつかったりしなくても肌に青あざができることがありました。外出血は命にかかわる危険をもたらすことがあるので、いつもやわらかいものだけを適当に食べ、お酒やタバコは一切近づけませんでした。何があっても十分な睡眠をとり、水泳や車の運転はしませんでしたね。そうやって身につけた終始変わらぬ用心深さで、あなたはすべての人に接しているようでした。

絵を描きたい気持ちがあるなら、どうしてすぐに始めないんだい？

かなり自尊心の強い方だった私があなたに家庭の事情を打ち明けることができたのは、あなたがそれほど慎重で、繊細な人だったからです。あなたは何でもないことのように、あの青年のような笑みを浮かべて言いました。

じゃあ、ここでやってごらん。片づけさえちゃんとして帰ればそれでいい。

私が住んでいた家からあなたの家までの小道は木陰におおわれて、いつも暗かったことを思い出します。消防道路（消防車がスピードを落とさずに進入できる道幅〈最低四メートル程度〉を備えた道路）が確保できない、人が二人、肩を並べて歩くにも狭い道でした。右手には小さなお寺があり、道がだんだん広くなるのに沿ってずっと登っていくと、空き地に出ます。水踰里《スユリ》がまだ田舎のようだったころのことですね。道らしい道もなく、草ぼうぼうの坂を越えると、畑のあいだに小川が流れていました。実の姪のようにあなたを叔父さんと呼び、ときには友だちと三人で、ときにはあなたと二人で歩いた道を思い出します。私たちの顔を日焼けさせた夏の陽射しを、セミが大合唱していたあの豊かな木陰を思い出します。

5

女だったらよかった、ときどき自分は女かもしれないと思うことがあると私に言ったことがあったでしょう。ずいぶんと真剣な口調でしたから、私もまじめに聞き返しました。

男の人を好きになったことがありますか?

流しで、霧吹きの容器に水を入れていたあなたの顔に笑いが浮かびました。冷たい水のしずくが顔にはねて、ちょっと顔をしかめながらあなたは答えました。

何人かを別にして、男とはまともに友だちにもなれないんだ。

笑みを含んだ顔で水道の蛇口を締めて、あなたはまたちょっとまじめな表情になって言葉を続けました。

女の人に月経があるということ、血を流して子どもを産むということって、考えてみると驚異的だ。つまり、生命はいつも血の中から始まるってことなんだろうね。

小学校三年のとき鼻血が止まらなくなり、初めて救急センターに運び込まれてから、一生を通して血はあなたにとって特別な強迫観念だったのですね。そのとき私はふいに、あなたの病気とあなたをどこまで切り離すことができるんだろうと思ったのです。あなたの性格、あなたの言葉遣い、あなたの歩き方……つまり、あなたのすべてはあなたの病気とつながっていました。もしもあなたが病気でなかったら、と想像するとわけがわからなくなりました。病気のあなたを消したあとに残るあなたの精髄、その上に幾重にも地層のように重なっていく別のあなたの姿は、私が知っていたあなたとどれくらい近く、またどれくらい隔たっているでしょう。

何年か前に子どもを産んだとき、生命は血の中で始まるらしいというあなたの言葉が再び思い浮かびました。その通りでした。五十日近く止まらない血を股から流したあとに、私は母親になりました。

たぶん、あなたなら羨ましがったでしょうね。春の陽射しに焼けて浅黒い顔の、同年齢の子たちより背が高く、声がやけによく通る五歳の息子は今、寝室で毛布をかけて眠っています。背丈の割にやせていて、病気がちな体質で、一年以上小児ぜんそくの治療を受けています。

夜と昼がこんがらがり、日付もはっきりしない去年のあの日、ほの青い夜明けの薄明が徐々にやってきて、木々が薄緑色を取り戻したその瞬間、私は巻いた紐を握りしめたまま山裾の傾斜面に立っていました。木の葉の色があんなに明るく澄んで感じられることもあるのだと、あの瞬間、初めて知りました。ごく薄い緑も、青々とした草色も、無数に重なったその色たちが瞳を射るようでした。私の体のあちこちにあざを作り、疼く痛みを残すくらいにぶつかってくるようでした。

子どもが目を覚ましたら薬を飲ませなくてはならない。はっとそう思い出したのはそのときでした。急に夢から覚めたようになり、私は振り向いてマンションの方へ歩きだしました。一歩踏み出すごとに、心臓が鼓動を打つように地面が揺れて響きました。

マンションの一階の出入り口に着いたとき、戻らないつもりだったのでカードキーを持ってこなかったことに気づきました。ドアの前の冷たい床に座り込んで、私は待ちました。何を待っているのかわからなかったし、さっき何をやろうとしていたのかもわかりませんでした。薄着だったのですぐに体が震えだしました。どれほど時間が経ったのか、火かき棒を持った警備員のおじさんが私を見て驚き、ドアを開けてくれました。

静かなエレベーターに乗って昇っていき、五階で降りました。戸締まりをせずに出てきた玄関のドアを引いて開けると、あの人がソファーに座っているのが見えました。あの人、七年あまりの時間を一緒に過ごした男。三時間前に私の首を締めようとしてやめたあと、リビングで眠っていた人。

もう一度玄関のドアを開け、出ていくべきだろうかと思っていると、子どもが目を覚まして咳をするのが聞こえてきました。私は靴を脱いでリビングに入り、子どもを抱きしめました。

おかあさんどこ行ってたの？

べそをかきながら子どもが尋ねました。

どこにも行ってないよ。

行ってたよう、知ってるんだから。

子どもの咳が激しくなってきました。咳が鎮まるまで、私は子どもの痙攣する体を抱きしめて、手のひらで背中をさすってやりました。

あのときなぜ、はっきりと目に浮かんだのでしょう。アトリエの床にうつ伏せに倒れていたという、ただ想像の中でだけ見たあなたの後ろ姿が。長かった覚えのある髪と狭い肩、いつも墨のしみがついていた、はき古した綿のズボンが。

あなたの後頭部に血がたまっていたと、血小板の数値が五千にも満たないため、血を抜き取る手術も受けられなかったと、四日ぶりに学校に現れた友だちはそう言って唇を噛みました。

それで、と私は友だちに聞きました。本当にわからなかったからでした。

それで、どうなったの？

あんた、ばかなの？　頭に血がたまってたんだってば。小さい牛乳パック一個分ぐらい、たまってたんだよ。私が夕ごはんに呼びに行ったとき、もう……

友だちの充血した目から涙が流れ落ちるのを、私は茫然と見守っていました。

6

もしかしたらそうだったのかもしれません。狂気じみた手つきで電話番号を押していたあの日の午前中、私が本当に聞きたかったのは、あなたの声だったのかも。

私の名前を呼ぶとき、あなたの声はいつも低くて優しかったのです。実は、わざと聞こえないふりをして二度呼んでもらったことが何回もありました。あの声に初めて胸が高鳴ったのがいつだったか、はっきり思い出せません。いつからあなたを愛しはじめたのかも、判然としません。いつからか、あなたの顔が私の目の前のどこかにぼんやりとした影法師のように位置を占めていきました。朝、目を覚ました瞬間にもう、あらゆるものの上にかすかにたちこめており、驚いて目を閉じると、暗いまぶたの中でそれはさらに鮮明さを増しました。その感覚が強い悲しみに似ている理由はわかりませんでした。

初めての経験だったので、私はうろたえたのだと思います。もう耐えられないほどその感覚が強烈になったあの晩春、私は当分あなたのアトリエに行かないことに決めました。あなたの前で震える手、やり場のない視線、ときどき熱くなる頬、何よりもあなたの横顔を見るたびに、尖った串に似たものが胸に突き刺さるような痛みをがまんできませんでした。

けれども、いざあなたのところに行かなくなってみると、深く刺さるような痛みに耐えていた胸が、こんどはまるで広い面積をえぐられるようにずきずきと疼き、さらに耐えがたくなりました。一か月ぶりにまたあなたを訪ねていったとき、私は多少あきらめつつ、あなたの顔をまともに見上げました。こんなにも暗く苦しい気持ちであなたを見ていることがばれてもいいから、確認したかったのです。これがあんなに私の心を苦しめたあの人なのかと。できるなら、一度でがっかりするようなところを見つけて、あの異様な苦しさをまるごと追い払ってしまいたかった。

そのときあなたは私に聞きました。

どこが具合が悪かったんだい？

自分でも気づかないうちに、震える手が胸に上ってきました。胸骨のあいだのくぼんだところ、臓器は何も入っていない、こんなふうに痛みだす前にはそんな場所が体にあることすら知らなかった場所です。あなたはしばらくぼんやりと立っていましたが、それから手を差し伸べて私の手を軽く握りました。淡々と、何かを慰めるように。

激烈な悲惨さと歓喜とが同時に押し寄せてきました。その混乱の瞬間、私がおぼろげに悟ったのは、これらすべての苦痛はおそらくあなたによってしかなだめることができないだろうということでした。

その後しばらくは、別の形の平和が訪れました。心の激動と苦しさはそのままでしたが、初めのころのように暗くはありませんでした。何より、あなたが何ごともなかったように接してくれたので、私も平静に対応することができたのです。希望の芽はどこにでもありました。私が絵を描く手を止めてふっと顔を上げたときに私を見守っていたあなたの目と目が合ったり、新しく買った墨を私に渡してくれるあなたの手がちょっと震えているように見えたり、試験ややむをえない理由で長いことあなたに会えなかったとき、あなたの顔がやつれて見えたり……けれどもそんな希望の芽のすべては、あなたのあまりに屈託のない態度に溶け込んでしまい、単なる見間違い、勘違いだったのだろうと私は思うに至りました。

そんなある日、物憂い長雨が十日近くも続いている初夏の午後のことでした。私は、翌年に受験することにした大学に在職している画家の画集を広げ、人物画を一点模写したあと、流しで筆を洗っていました。

じゃがいも蒸かして、食べようか？

半分ぐらい広がった白い炎の形を見おろしながら、ちょっと離れて立っていたあなたが尋ねました。

私は上の空でうなずきました。

上に行って、じゃがいも持ってきてくれる？

私は首を横に振りました。

それならいりません。

二人の口から同時に笑いが吹き出しました。

傘ささないと、じゃがいも持ってこられない……（半地下のアトリエから上の階に行くには一度外に出て傘をさして階段を上らなければならない）

私がそう言うと、その言葉にあなたが韻を踏みました。

じゃがいも洗ってくれないと、食べられない……

私は筆をしまって、あっさりと言いました。

わかった、じゃがいもを持ってくるところまではやります。

あなたは流しの方へ歩いてきて、アルマイトの鍋を手渡してくれました。

何個？

そうだね、君はそんなにおなかすいてないだろ？

私は鍋を受け取って、また笑いました。その笑いが消えたのは、あなたの手がふいに私の額に乗せられたからでした。

しばし頭の中がまっ暗になりました。すべての音が止まったようでもありました。私はどうすればいいかわかりませんでした。あなたもどうしたらいいのかわからないようでした。

……頭の良さそうな、おでこだな。

あなたが口ごもるのを、初めて見ました。

じゃがいも持ってきます。

ちょうど私が振り向こうとした瞬間、あなたは私の肩を抱きました。肩を抱いてもあなたの体は私の体に触れませんでした。今にも壊れそうなものに触れるように、あなたの腕には、薄い手のひらほどの重みも乗っていませんでした。

7

夜の木々は相変わらず黒々と黙しています。

まもなく青黒い夜明けの光が降りてきて、怖いほど秘密めいたその中身が音もなく開かれ、木々の形と一つになるのでしょう。あの短い時間を越えて朝が来るのでしょう。秘密など最初からなかったというように、泰然として木々は立っているばかりでしょう。いつか、あの境界に幽霊のようにたたずむ木を描きたいものです。

今、私は以前あなたに見せてあげた絵のように、見えたままの形を描くことはありません。それでも私が描いた木をあなたが見たら、この木は君に似ているね、と言うだろうと思います。けれどもただちにそれを描けはしないだろうということもわかっています。まだ一年経っただけなのですから。

あの固い紐を引き出しから取り出して捨ててから、いくらも経っていません。とっくに何度も捨てようとしたのですが、触ることができなかったのであそこに入れたままになっていたのです。一年近く、それは私の部屋に潜伏した一人の人間のようでした。私のすべてを知っている、実は残忍な人。初めてそれを適当な長さに切りながら思ったことを思い出します。へりがとても固いから、肌に食い込んだら痛いだろうなと。

紐はもちろん、紐状の長いものにもまだ耐えられません。ひょっとしたときに、プレゼントを包装するリボンや巻尺なんかを子どもが持って遊んでいるのを見るとぞっとして、取り上げて高い棚に片づけてしまいます。

どうして。リボン体操やりたいのに。

お母さんはリボンが怖いんだよ。

できるだけ明るく私が答えると、子どもはころころ笑います。

虎がいちばん怖い人もいるし、ワニがいちばん怖い人もいるでしょ。お母さんは紐がいちばん怖いの。

子どもは意気揚々として、たしなめるように私に言います。

虎が怖いんだよ。紐が何で怖いのさ……僕、全然怖くないよ。

それでも、紐の記憶はまだいいのです。眠って十分も経たないころに首筋が思い出すあの手の感触。最初の熱さと、そして握力の記憶に比べればです。

一年がめぐってこの程度に薄れたけれど、十分間のうたた寝がやっと三十分に延びたけれど、記憶に背を向けて進んでいくべき道はどれほど遠いでしょう。何を、どれほど越えていけるでしょう。越えられるのでしょうか。

そんなふうに身震いしながら目覚め、子どもに布団をかけ直してやり、暗闇のかたまりがぞわぞわと這い寄ってくるのを感じ、その節の一つひとつを数えながら眠くなるのを待ちます。けれどもときどきは、あなたのことを思ったりもします。ドアの外からしとしとと雨の音がしていたあの午後、怯える二つの唇が出会った瞬間を。二人とも唇を開けることもできないまま、お互いのやわらかさが離れていくことを恐れて、脈打つ心臓を重ねていましたね。最初で最後になったあのキスのあと、私はどんな男性からもあれ以上の喜びを受け取ることはできませんでした。どんな興奮とも、忘我の境地の喜悦とも引き換えにすることはできないでしょう。歳だけ重ねた少年であるあなたの怯えた手が、息を殺しながら私の頬にとどまっていた、あの瞬間を。

ついに二人の唇が離れると、私たちは手をつないで壁に斜めにもたれました。

……病気で辛かったことはないの？　腹を立てたことは？　やりたいこともたくさんあったでしょ

うに。

小さなあざができたあなたの手の甲を自分の頬でそっと撫でながら、私は聞きました。

ないよ。

あなたはふっと笑いましたね。

いっそ死んだ方がいいと思ったことはあるけど。

あなたのいたずらっぽい顔に向かって、一緒に笑ってあげるべきなのかどうか、私にははっきりわかりませんでした。

君ぐらいの歳のころだった。ステロイド製剤で二年以上治療しても効果がなくて、副作用で全身が相撲取りみたいにむくんでしまってね。こんなにぶくぶくの体で、けがをしないためだけにひたすらちょこまか動いて、命をつないでいるなんて……

言葉を選ぶように話しながら、あなたはまた笑いました。

そんなふうに思っていたある夜、夢を見たんだ。夢の中で、僕はもう死んでるんだよ。それが何て気持ちよかったか。陽射しを浴びながらぴょんぴょん飛び跳ねて川辺を歩いていったよ。川の中をのぞき込んだら、川底が透き通って見えるぐらい水がきれいで、石が見えるんだ。瞳みたいにきれいに洗われた丸い小石だった。ほんとにきれいだったんだよ。中でも青い色の石がいちばん気に入って、拾おうとして手を伸ばしたんだ。

あなたは目を輝かせて、壁にかかったあなたの絵を眺めました。暗い宇宙空間のようなところで今爆発したか、誕生したかのような形象を。つまり、あなたの顔を。

そのとき急にわかったんだ。あれを拾いたいなら生きていなきゃいけないってことが。生き返らなきゃいけないってことが。

雨の音がしとしとと耳にからみつき、あなたは弱々しい手をまだ私に預けたままで、自分の絵の向こうのどこかを眺めていました。私が勇気を出して再びあなたの唇を自分の唇でおおったとき、あなたは私の背をかき抱き、しばらく震えていました。そして、黙って私の体を押しやりました。

……ここまで。

あなたは上気した顔で言いました。私の頰を撫でおろすあなたの墨のついた手に、私はもう一度口づけしました。

早く、早く、大きくおなり。

あなたが笑いながら言った言葉に、私たちは一緒に、長いあいだ笑いましたね。そしてあなたは快活に言いました。

知りたいよ、君がどんなふうに年を取っていくか。老いていくときの様子がどんなふうか。

8

少しずつ、体の中で何かが目覚めつつあることを感じます。一日一日、一月一月、季節ごとの時間がしだいに私を変化させていくことを感じます。

去年の夏、ここに引っ越してきて初めてグラウンドを走ったときは、一周も完走できませんでした。

肺も心臓も爆発しそうで。子どもがいるときは子どもと一緒に、子どもが保育所に行っているときは一人で、一日に半周ずつ増やしていきました。午後、休まずに五周走ったあと、グラウンドの周りにぐるっと植えられた木を数えてみました。背の高い白樺が全部で二十二本でした。数え終わって空を見上げてみると、むくむくした白い雲が速いスピードで流れていました。

あなたの絵には題名があるのかと私が尋ねたとき、あなたは、空だよと答えましたね。二度めに入院した十一歳のとき、あんまり退屈で一日じゅう空を見上げていたから、そこがどんなに胸躍る空間かわかったと言っていました。生まれてこの方旅行らしい旅行の一度もしたことがないけれど、一日のうちにも何度となく身をくねらせて変化していく空の形と色は驚異的なんだと、あなたは言いました。そうやって空を見ていたある瞬間、永遠とか無限というものを、考えたり感じたりするんじゃなく、体でわかるようになったとも言いましたね。それらが何なのかよくわからないと私が言うと、あなたはこともなげに答えました。

それはほんとに、何でもないことなんだ。

そして本当に何でもないことのように、目元にいっぱいしわを寄せて笑いましたね。

墨色の空がだんだん明るくなっていきます。

こうやって青い光が毛細血管のように、暗闇のすきまから染み出してくるときには、私の体内の血もまた違ったように流れている感じがします。私の意志、私の記憶、いえ、私というものが何でもないもののように消えていきます。波がひとしきり寄せては返すまでの短い時間に現れるやわらかい砂

浜のように、私たちがここにとどまっている時間はわずか一瞬だという気もします。そんなときには
ふいに、あなたの絵が見たくなります。

もしかしたら時間とは流れるものではないのかもしれない。そんな思いも同時に訪れます。つまり、あの時間へと戻っていけば、あのときのあなたと私が雨音を聞いてるの。あなたはどこへ行ったのでもないの。消えてもいないし、立ち去ったわけでもないの。いつからか身についた、あなたと同い年の男性に出会うたび、歳月が変化させたあなたの顔を漠然と思い描く癖を捨てたのは、そのためです。

だから、あなたに尋ねてもいいでしょう。

そこであなたは、元気でいますか。雨音はまだ、耳に心地よいですか。永遠に持ってこられなくなったじゃがいものことは忘れてしまったでしょうか。ずっと昔の夢の中のあなたは、むくんだ腕で青い石を拾い上げているでしょうか。水の感触がわかりますか。陽射しを感じますか。生きていることを感じていますか。

私も、ここで、それを感じているのです。

左手

윈손

윈손

1

彼の朝はいつもと変わりなく始まった。枕元の目覚まし時計のボタンを押して止めながら体を起こし、ベッドサイドテーブルを手探りしてめがねをかけた。青っぽい暗がりに目が慣れてくると、下着のままで書斎のドアを開けて出ていった。

寝室では、三歳の誕生日を迎えたばかりの子どもと妻が一つの布団で眠っていた。子どもが落ちてはまずいからとベッドを書斎に移したのは二年以上前のことで、そのころから彼は一人で寝ていた。職場が遠いため朝の六時には起きなければならず、目覚まし時計をかなり離れたところに置いても子どもが驚いて目を覚ましてしまうことがよくあったからだ。

彼はいびきがひどかった。三人家族が一緒に寝室で寝ていたころ、妻は子どもの小さな寝返りにも目を覚まし、布団をかけてやっていた。そしていきなり彼の枕を引っ張って取ったり、また押しつけたり、彼の頭を壁の方へ向けさせたり、体を押して完全に背中向きにさせたりした。夢うつつではあったが、彼は妻の手つきが優しくないことを感じ取っていた。頼むから眠らせてという正直な渇望と、それを邪魔する図体のでかい、うるさい動物への憤怒が感じられた。子どもが生まれる前も彼はいびきをかいたはずだが、そのときは妻もどうやらがまんできていたらしい。妻の手が荒っぽくなったのは、日々の暮らしが耐えられないほど疲れるものになってしまったためだろう。彼が別々に寝ると言ったとき、妻はほっとした表情をあえて隠そうともしなかった。

ベッドを書斎に移した最初の夜のことを、彼はときどき思い出す。また一人暮らしに戻ったような気分で楽に眠ることができ、若干の幸福すら感じたものだ。しかし一か月もしないうちに、ガムから味が抜けるように幸福は消えた。その代わり、日一日と眠りが浅くなっていった。自分のいびきの音にびっくりして目が覚めることもあり、一度起きてしまうと、無数に重なった暗闇の襞《ひだ》や、鋭敏な睡眠の節々に妨害されて、彼は展転と寝返りを打った。残業が多くて出勤時間が早い彼にとって熟睡は欠かせない。彼の体重は徐々に減り、さらに口数が減った。その変化はあまりにゆるやかだったので、妻をはじめ周囲の人々は気づかなかった。

聞こえるのは部屋の壁にかかった時計の秒針の音だけで、真夜中のマンションは静かだった。寝室のドアを開ければ母子の寝息が静かに交差しているのが聞こえるだろう。初めはその寝息が恋しかったが、今は必ずしもそうでもない。彼はバスルームの電気をつけてドアを開けた。強烈な光が彼の目に襲いかかる。彼は半分ぐらい目を閉じ、便器の前に立って長々と排尿をした。

彼はひげが濃くて固い方だったので、出勤する日は電気シェーバーではなくかみそりを使っていた。職業柄、清潔な印象を与えなくてはならないからだ。頬にたっぷりとシェービングクリームを塗ってかみそりを動かしているうちに、彼は小さな傷を作ってしまった。赤い血のしずくがクリームをピンク色に染める。洗面台の蛇口をひねって冷たい水で泡を洗い流しているとき、彼は初めて異常を発見した。彼の左手が傷のできたところに触っているのだ。彼は左手の感覚を頰に感じ、同時に頰の感覚を左手に感じた。いつもとまったく変わらない正常な感覚だ。異常なのは、彼の左手がまるで別人の意思を持っているかのように、頰の傷のあたりから離れないことだった。

彼は右手で蛇口を締めた。背中を伸ばして鏡を見た。近眼のせいで輪郭がぼやけてはいるものの、鏡に映った彼の姿はいつもと変わりない。もじゃもじゃの髪の毛、ちょっとくぼんだまぶた。水が滴り落ちている、川の字が薄く刻まれた眉間。

彼は右手を棚に伸ばし、めがねをかけた。やっと自分の姿がはっきり見えた。白いランニングシャツはところどころ水滴で濡れており、左手はまだ左頰の傷の上にそっと置かれている。彼は深く息を吸って、左手を頰から引きはがした。手はおとなしく離れた。その動きは、嫌々ながら仕方なく彼の意思に従う他人の手と変わらなかった。

変だ。

彼はじっと鏡を見つめた。左手はもう従順に、バスルームの床に向かって垂れていた。

2

眠気を追い払うために彼はめがねをはずし、両手でこめかみを押した。コンピュータのモニターに浮かんだ数字が白っぽくぼやけて読み取れない。電話が鳴った。

はい、融資課のイ・ソンジンです。

彼はまためがねをかけ、まぶたをつっぱらせて無理やり目を見開いた。

今住んでいらっしゃるマンションでしょうか？　住所はどちらでしょう？

彼は肩で受話器を支えた。十本の指がすばやくキーボードを叩く。またもや、変だ。彼は眉をしかめた。左手の五本の指がまるで指自身の独自のリズムに合わせて律動しているような異物感のせいだ。

……担保融資が可能な金額は、市価の五〇パーセントまでです。市価をお調べしましょうか？

彼は左手で受話器を持ち、右手でマウスを操作した。

少々お待ちいただけますか？……現在、三億四千万ウォンとなっております。あ、えーとですね、二階とおっしゃいましたよね？　それでしたら見積もりが最大三億でございます。そうしますと、現在の八千万ウォンに追加可能な金額は。

彼がまだ言い終わらないうちに、左手が音もなく動いて受話器をデスクにおろしてしまった。彼はびっくりして右手で受話器をつかんだ。

申し訳ございません。そうしますとご融資可能金額は……

融資に必要な書類について説明し終わって、彼は受話器を置いた。やめていたタバコを急に吸ったときのようなめまいがしてくる。

彼は左手を持ち上げてみた。今朝、洗面台の前でもそうだったように、嫌々ながら従う他人の手のように、彼の左手が彼の目の前で広がっていた。ボタンをはずしてワイシャツの袖をまくり上げてみた。腕にも手首にも異常はない。

イ主任。

手を調べるのに夢中になっていて、彼はシン部長が呼ぶ声に気づかなかった。

イ主任！

シン部長が声を張り上げた。

怒ると相手の人格を否定するような振る舞いをする上司はどんな組織にもいるものだ。融資課に配属されて二年めだが、彼はシン部長と一度もトラブルを起こさずにやってこられた唯一の行員だった。シン部長が口角泡を飛ばして怒鳴っても、彼は文句も言わず理解を示した。シン部長は糖尿病の気があるっていうじゃないか。体力のない人がいらいらしがちなのは、しょうがないさ。子どもの自慢話をしてるところを見てみろ、普通の人だよ。

はい、部長。

彼はシン部長のデスクの前に立った。

Wマンションの担保融資の件だけどな。何で賃貸借契約可否確認書が抜けてるんだ？

……あ。

あわてたときいつもそうなるように、彼の右手が頭の方へ上がっていった。

私のミスです。

こんなものを決裁に上げるとは、どういうことだ？　融資課に来て何年経ってるんだ、こんなミスをするなんて？

申し訳ありません、すぐに処理します。

書類を全部提出してハンコも捺して帰っていった顧客をまた呼び出したりして、不満を言われたらお前が責任とってくれるのか？

申し訳ありません……責任をもってすぐに処理いたします。

頭が悪いならメモでもとって、間違いないように処理できないのか。お前みたいな奴にいらいらさせられてたら、白髪が増えちまうぞ？

彼のミスだったのだから、叱責を聞くのは当然だった。ただしシン部長は、こうやって小言を言い終わるとそこからまた同じ叱責をくり返し、使う語彙にどんどん汚い言葉が増えていくのが癖なのだ。五分だけ聞いていれば勝手に疲れて終わりになるのだが、耐えられないという様子を見せようものなら十分、二十分に延長される、一種のパフォーマンスなのである。

彼は耐えた。頭を下げて、いつものように靴のつま先を見おろしていた。左手がそっと動きはじめたのは、シン部長の長広舌が五分間の略式パフォーマンスのほぼ最終地点に至ったときだった。彼の左手がまるで見えない細い糸に引っ張り上げられたように曲線を描いて空中に持ち上がり、自分の左の耳をふさいだのだ。

お前みたいな奴を指導して一人前にするより、いっそ俺が……

乾いた唇に細かい白い泡をくっつけてシン部長がさらに声を張り上げているあいだに、左手は右の耳に移った。彼はあわてて手をおろそうとした。しかし、左手は彼の言うことを聞かなかった。その代わりひじがぐっと伸び、シン部長に向かって近づいていった。

……何だぁ？

シン部長が口をつぐんだ。

彼は左腕を体にくっつけておこうとした。しかし無駄だった。左手は確実に狙いを定めたように、シン部長の顔めがけて空中を滑っていった。彼は右手で左のひじをつかみ、力いっぱい自分の方へ引っ張った。

何やっとるんだ、おい？

驚いたシン部長が椅子から立ち上がった。同僚たちが後ろを振り向いた。彼は火照った顔であたりをうかがった。窓口の顧客たちまで首を伸ばして彼の妙な動作を見守っている。シン部長の口から罵声が飛び出した。

このたわけ、気がふれたか？

彼の左手が右手を振りほどいて飛び出したのはそのときだった。それはためらうことなく、シン部長の口をふさいだ。

う、ううう！

口をふさがれたままうめくシン部長の紅潮した顔を見てあわてた彼は、左手を体の方に引っ張り寄せようとして全力を尽くした。

イ主任、落ち着け！

同期入社のチェ主任が後ろから彼の腰に抱きついて、シン部長から引き離した。対象を失った彼の左手は空中高く突き上げられ、いつのまにか駆けつけた警備員が彼の左腕をつかむと体を投げ飛ばした。でんぐり返った瞬間、彼は自分の左手を見た。いつそんなことがあったのかと言わんばかりに、左手は自分と一緒に力なく冷たい床に投げ出されていた。

3

地下鉄駅前のバス停留所で、彼は家に帰るバスを待っていた。彼の顔はまっ青で、眉間の川の字はいつにもまして深く刻まれていた。

どうかしておりました。申し訳ございません。

白髪混じりの髪、寛大な印象を与える微笑、しかしいぶかしげな冷たい視線で自分を見ている支店長の前で、彼が言えたのはそれだけだった。

ショックから立ち直れないままシン部長が早退したあと、彼はみんなの視線を感じながら、辛くて長い午後の勤務時間を過ごした。誰も彼に声をかけず、やむをえず話しかけるときは視線をそらしていた。

一杯やっていくか?

銀行を出がけにチェ主任にそう言われたとき、彼はまっすぐ立っていられないほどの疲れを感じていた。先月は監査のためにずっと残業や徹夜が続いたので、そのとき体調を崩したのだろう。ひょっとするとさっきのことも、眠気のせいかもしれない。睡眠不足で頭のどこかが麻痺したんだ、と彼は思った。眠らせない拷問で思考を麻痺させて、自白させることもあるっていうじゃないか。

一杯飲んで忘れようや。時間が経てばみんな忘れちまうよ。おとなしいお前があんなことをしたからびっくりはしただろうけど……実際、シン部長はちょっと困った人だからな。これからは気をつけるだろう。

人のよさそうなチェ主任の顔に向かって、彼は努めて笑ってみせた。

ありがたいけど、今日は俺、寝不足なんだ。ちょっと休まないと。

チェ主任はこれまで一度も彼に見せたことのない、哀れみといまいましさの混じった視線を投げかけて彼の肩を叩いた。

そうか。じゃ、よく休め。


四月中旬の夜風は肌寒かった。彼がもたれている木の根元は冷たく、彼の心は暗く混乱していた。彼は今日の午後、何度も何度もこっそり見ていた自分の左手を目の高さまで上げてみた。わけがわからなかった。いつもと同じ手だ。小じわの多い手相、男にしては細くて長い指、きっちりと切った爪。待っていたバスが近づいてくるまで、彼は左手から目を離すことができなかった。

バスはちょっと前に降りた地下鉄と同じぐらい混んでいた。彼はそのまま人々のすきまに座り込んでしまいたいほどの疲れを感じた。まともに息をするために、ぎっしり密集した肩をかき分けて降車口付近まで移動した。丸いプラスチックのつり革に体重を預けて、呼吸を整えた。

窓の向こうを流れていく夜の街が非現実的に見えた。カラフルな看板が目まぐるしく揺れ、歩道を歩く若い女たちの服装は色とりどりの翼のように華やかだ。夢みたいだと彼は思った。つり革につかまったまま目を閉じては開け、この一日が決して夢ではなかったことに気づいて暗澹とし、不安を覚えつつ窓の外を見やった。花屋だろうか？　とある店の前に小さな植木鉢が並んでおり、白いシャツにジーンズ姿のすらりとした女性がじょうろで水をやっている。通りかかった人に気づいて笑いながら挨拶をしているその横顔に見覚えがあった。誰だったっけと記憶を手繰《たぐ》り寄せるより早く、いつのまにか自分の左手が降車ブザーに伸びていくのを彼は見た。

何やってんだよ。

彼は自分でも気づかないうちに声に出してそう言った。自宅まではまだかなりあり、彼はひどく疲れていた。ここで降りる理由はなかった。しかし左手はすでにブザーを押していた。バスが停まる。前と後ろのドアが同時に開いた。前方から乱暴に乗り込んでくる人々に押しのけられて、彼はほとんど倒れ込むようにして歩道に降り立った。

いつもバスで通ってはいたが、初めて歩く町だった。彼は迷子のようにぼんやりと立って、道路を走る車を眺めていた。次のバスまで待たなくちゃ、と思いつつ振り返ると、遠くに植木鉢の並んだ店が見えた。じょうろを持ってまだ通行人と話している女性の姿が小さく見えた。

彼はためらったが、そちらに向かって歩きはじめた。一歩踏み出すたびに、だめだ、家に帰らなくちゃという言葉が唇まで出かかった。帰らなくちゃ。おなかもすいたし疲れている。休みたい。ほんとにもう、寝たい。だが女性の姿が近づいてくるにつれて眠気は消えてしまい、緊張のせいで彼の腰はまっすぐに伸びた。

二歩ぐらいのところまで近づいたとき、彼は微笑んでいる彼女の横顔に心を奪われたように口を開けてしまった。

……ソネじゃないか。

女性はあっと驚き、中年女性から彼の方へと向き直った。突然笑いが引っ込むと、彼女の目は大きかった。その目に光が宿り、気持ちのいいメゾソプラノの声が湧き出てきた。

誰かと思えば、ソンジンじゃないの？

重い買いものバッグを持ち替えながらまだおしゃべりに興じていた中年女性が、そろそろ行くわねと言って挨拶した。女性は腰をかがめて挨拶を返し、彼の方へまた向き直るとにっこり笑った。

どうしたのよ、こんなところで？　このへんに住んでるの？

いや、家はここからバスで十分ぐらいかかるんだけど……

彼女の前ではいつもそうだったように、彼はうまく話せずどぎまぎした。

こっちに用事があったのね？

彼に対していつもそうだったように、彼女は優しく彼の言葉を補ってくれた。

いつ以来だっけ？　大学出てから初めてだよね？　あ、違うわ、あなた軍隊から帰ってきたとき、私の働いてた会社にちょっと寄ってくれたもんね。つまりもう十年以上経ったのねえ。でも、あんまり変わってないね。

うん。君も……

そんなことないよ、目尻にしわが、こんなにあるのに。

なるほど、彼女が笑うと目元に深い小じわが寄った。

私、ここにお店を出して四か月めなんだ。

花屋？

ううん。

彼女はにこやかに言った。

主にアクセサリー作って売ってるんだけど、鉢植えも置いてるの。売れなかったら私がお花見すればいいんだしね。

彼はうなずいた。彼が彼女に初めて会ったのは、学部の演劇サークルにしばらく首をつっこんでいた大学二年生のときだった。同学年で統計学科の学生だった彼女は、公演の際に舞台装置と衣装を任されていた。絵の道に進みたかったけれど家庭の経済事情のためにできなかったので、その心残りを解消するためだと、いつだったか彼にふっと言ったことがあった。

商売、うまくいってる？

そうね、まだ始めたばっかりだから……あれこれ作るのが面白くて始めたんだけど、毎月の家賃を払うのでやっとだわ。入って見物してく？

いや。

彼は顔をしかめるようにして笑った。

もう行かないと。

彼女はわかったというように一歩後ろへ下がった。

結婚したんでしょ？　子どもは？

彼は顔を上気させ、首をかしげた。何か言おうとするのだが、つばのかたまりがのどをふさいで言えずにいるうちに、彼女が驚いて言った。

ほんと？　してないの？　私も一人者なんだけど……待ってる人もいないのに何で帰るのよ、こんなに久しぶりに会えたのに？

熱く、ねっとりした液体のようなものが彼の胸のまん中で広がった。初めて会った二十歳の日からずっと心に抱いてきた人。彼の気持ちも知らないで二回ほど恋人を変え、いつもにこやかにキャンパスを行き来していた人。通り過ぎる姿だけでも見たくて経営学部の前のベンチに座り、午前中ずっと専攻の本を開いて上の空でページをめくっていたこともある。その人が今、彼の目の前に立っている。

もちろん嬉しいよ……こんどね、こんどまた寄るからね。

彼は笑いながら右手を差し出した。彼女も右手を差し出した。彼女の手は今も小さかった。繊細な骨格が手に感じられた。肌は前より荒れているようだ。十年前、彼女のオフィスにあてもなく訪ねていったとき、彼はついに、彼女をきれいさっぱりあきらめようと決心して握手を求めた。そのとき最初で最後に握った手の感覚を、彼は忘れていなかった。そのときとまったく同じように、彼はあいまいな微笑を浮かべたままで右手を放した。

彼の左手が動きだしたのは、今しも彼がきびすを返そうとした瞬間だった。体の方へ引き寄せようとする暇もなく、左手は正確にすばやく伸びていき、彼女の頬に当てられた。なめらかな頬の感触が彼に伝わる。彼女の顔から笑いが消えた。大きく見開いた目の中に、夜の明かりがゆらめいている。彼の左手は彼女の頬から広がるように滑っていき、繊細な鼻すじや額を、まぶたを撫でた。凍りついたように身動きもできずにいる彼女の唇に触れたとき、初めて彼の左手は細かく震えながら止まった。

4

彼が目を覚まして最初に見たのは、ブラインドのあいだから漏れてくる日光だった。ここは、どこだ。濃い緑色の三人がけのソファーの上で、彼は赤紫色のカシミアの毛布を巻いて寝ていた。彼は体を起こし、ソファーの横のテーブルに置かれためがねをかけた。振り向くと彼女が見えた。低めの作業台の上にスタンドの明かりがついており、赤や青のビーズが十個あまりの紙箱に入っていた。彼女は日の光に照らされて、白いレースのスカーフにビーズを縫いつける作業に没頭していた。

……今、な、何時、かな？

七時ちょっと過ぎたところ。出勤は何時？

彼の方へ顔を上げて、彼女は微笑を浮かべた。彼女の声は穏やかで、シロップのように甘い親密さがしっとりと染み透っていた。彼は毛布をめくってソファーから立ち上がった。下着姿だった。

会社、遅れそう？

彼女が仕事を中断して立ち上がりながら聞いた。

少しね。……大丈夫だよ、急げば。

彼は言い訳をするように語尾を飲み込み、洗面所に行って顔を洗った。女性用のかみそりとシェービングフォームを見つけ、間に合わせにそれを使って手早くひげを剃った。タオルで顔を拭きながら出てくると、彼のワイシャツとズボンが棚に置かれていた。それらを身につけてネクタイを結ぶと、彼女が彼のかばんを渡してくれた。それを受け取りながら、彼はあわただしく言った。

電話する。

電話番号知らないじゃない。

寄るから。

いつ？

すぐ。

彼女はつま先立って彼の唇にキスをした。さっき飲んだのか、オレンジか何か、柑橘系のジュースの匂いがした。彼はかがんで彼女の髪を撫でてやり、彼女がドアを開けてくれると店から出た。ちょうど信号が変わった横断歩道をひとっ走りで渡り、タクシーをつかまえようと、手を高々と上げた。苦労してつかまえたタクシーに乗って地下鉄の駅まで行くあいだ、彼は気持ちを集中させようとがんばった。結婚生活七年めにして初めて、黙って外泊したのである。携帯もすっかり切ったままだった。昨夜のことは、自分でも信じられなかった。

彼の震える左手が彼女の唇から離れた瞬間、彼女は彼の腕をつかんでいた。彼女の手に導かれたのか、自分の左手が導いたのかわからないまま、彼は彼女の店に入った。

夕ごはんは食べた？

緊張したように小声で問う彼女の頬は紅潮していた。とても腹が減っていたが、彼はうなずいた。

彼女は店についている厨房の冷蔵庫からビールとピーナツを出してきた。冷えたビールを飲みながら、彼らはぼんやりとした記憶の中の名前を呼び出し、突き合わせてみて、笑いつづけたかと思うとずっと黙り込んだ。

彼女の言う通り、店に来るお客はあまり多くなかった。大学生とおぼしき女性二人が入ってきて長いことアクセサリーを物色した末に、天然石のペンダントとヘアピンを一個ずつ買っていっただけだ。十時になると彼女は店を閉め、ブラインドをおろした。

ワインがあるけど、飲む？

彼の答えを聞く前に彼女は半分ぐらい残ったワインのびんを出してきた。

人と一緒に食べるって、いいわね。

彼女は酔いが回ってさらに輝きを増した目でにっこりと笑った。すきっ腹に飲んだ酒のせいで、彼はもう口のまわりが麻痺するほど酔っていた。

彼女がいつ電気を消したのか定かではない。暗くなると、どちらからともなく彼らの体はぴったりと寄り添った。唇が重なり、歯がぶつかり、そうこうするうちに彼の目は暗さに慣れてきた。二人の手はお互いの上衣のボタンをはずして降りていった。彼の左手は彼女の髪とのどと肩を探りながら降りていき、鎖骨の下へと分け入った。息を荒く弾ませながら彼女が、待って、と言った。彼女は身をよじり、後ろへ下がったが、彼の左手は執拗で大胆だった。息を整えている彼女の唇から、高熱が出ているときのような匂いがした。

いくらかの時間が過ぎたあと、二人はソファーに横向きに横たわった。ドアの外を走る車の音のせいで、店の暗さと静けさがかえってゆるぎなく感じられた。

静寂を破って彼女が言った。

知ってたわ。

あなたが私を好きだってこと。

……何を？

だったら、何で……

何でずっと気づかないふりをしてたかって？

彼女は低い声で笑いながら言った。

告白しなくてもいいぐらい私を好きなんだと思ってたから。

彼女の裸の腕に乗せていた彼の左手が、爪を立てて彼女のなめらかな肌に絵を描いた。水のしずくや木の葉など、意味のない模様が暗闇の中で描かれていき、やがて消えた。

あなたが軍隊から帰ってきて、私がいた会社に訪ねてきたとき、ほんとに告白するのかと思った。

……そのつもりで行ったんだよ。

なのに、どうして？

彼は頭を振った。だってあの午後、彼女はあまりにも忙しそうだったし、あまりにも大人っぽかったし、その笑顔がよそよそしかったからと言いたくはなかったのだ。あの日彼が告白したとしても、いつもそうだったように彼女には恋人がいただろうし、何も起きなかっただろうと彼は思った。

店の仕事は面白い？　あの会社はどうして辞めたんだい？　いいところだったのに。

話をそらすために彼は、ドアの方の棚に並んだアクセサリーを指さして尋ねた。

結婚して五年経っても子どもができなくて……家で休めばできるかと思ったの。

彼女はためらいもなく、大したことじゃないと言いたげにそう答えた。

もちろん、今は後悔してる。

彼女の淡々とした顔を見ながら彼はしばらく沈黙した。何か固いものが胸のまん中につっかえているようだった。答えにくそうな質問を、彼は黙って溶かして飲み込んだ。

黙っている彼の気持ちを読み取ったかのように、彼女は急に体を起こして座った。彼女は裸のまま立ち上がり、片手を腰に当ててしばらく考えに沈んだ。くっきりとくぼんだ脊椎の線が冴え冴えとして感じられる。

もしかしてこんな経験がある？　自分の中に全然知らない人が入っているみたいなこと。

彼女はテーブルに投げ出された服を一枚一枚身につけたあと、ゆっくりと歩いて作業台の上のスタンドをつけた。ジーンズだけはまだはいていなかったので、白っぽい明かりで脚があらわに見えた。そのやわらかい曲線を彼はぼんやりと見つめた。この状況は信じがたいと、突然思った。

……片手はコートのポケットの中で果物ナイフを握ってて、もう一方の手では携帯を持って地下鉄に乗った日があったの。電話かけて、かけて、またかけた。五回かけたら出たのね。

彼女の声が低く落ち着いていたので、彼は息を殺して耳を傾けた。

建大入口《コンディック》駅だった。七号線から二号線に乗り換えようとして階段を上っていったんだけど、年末だったから人が多くて。押しあいへしあいするぐらいだった。私は携帯に向かってずっと罵倒しつづけてたの。顔は涙でぐしゃぐしゃでね。

彼女は作業台に腰かけた。スタンドの光を横から受けて、彼女の大きな影法師が白い天井と向かいの壁に映し出された。

階段を上りきると、プラットホームにはものすごく大勢の人がどっと詰めかけて電車を待ってて、後ろからもずっと人が上ってきてた。私はものすごく明るい陽射しが降り注ぐ大きな窓の下に立って泣き叫んでたの、あんたを殺してやる、死んでも許さない、死んだあとでも許さないって。

自分に向けられたような苦笑いが、彼女の口元に浮かんで消えた。

地下鉄に乗ってもずっと叫んでた。ひどい奴、女たらしって。自分の手を血で汚してでも復讐してやるからって。叫んでるとじろじろ見られるからそこにはいられなくて、ガタガタ揺れる連結部を越えて次の車両のすみっこに行って、また悪態ついてた。手はぶるぶる震えて、涙が止まらなくて、みんなが驚いて振り返って見るのよ、そうしてるうちに最後の車両まで来ちゃった。もう次の車両はないし、もう悪態をつく力もなかったわ。電話を切って、優先席に座り込んで、膝に顔を埋めて震えてた。

彼は少々ぼうっとしてしまい、彼女の言葉をやっとのことで追っていた。この女性が、自分が知っているあの人なのか？　しばらく前の突然の情事と同じくらい異常な告白だと彼は思った。彼が記憶している限りでは、彼女は品のいい優しい女性だった。どんなときも大声を出したりせず、何もかも手際よく処理する人だった。生きていく上で、本能的に敵を作らない性質の人だった。

……そうやって震えながら、私がずうっと何てつぶやいてたと思う？　待ってなさいよ、殺してやるから、きっとだからって言ってたの。そしたら、もうすぐ教大駅《キョデ》だっていう案内放送が聞こえたの。ドアが開くとすぐに飛びおりたわ。狂ったみたいに階段を駆けおりて、駅を抜け出て、何か月も前に一回だけ行ったことのある夫婦カウンセリングルームのドアを叩いたの。怯えた顔をしているカウンセラーの先生にナイフを渡して、その人が止めるすきもなく非常階段を駆けおりたの。窓が見えたら飛びおりてたかもしれない。私が死ねたとしたら、人を殺せたとしたら、あの日だったと思うわ。

彼女は寒さを感じているように身震いをした。彼は体を起こして彼女に近づいた。ためらいながら彼女の肩に腕を回した。彼女の体はすっかり冷えていた。彼女は静かに彼を押しやった。

かけるもの、持ってくるから。

彼女は冷蔵庫の横に歩いていき、スチール棚から毛布を取り出した。

一人で寝るにも狭苦しいんだけど、でも一緒に寝てくれる？　電気つけて寝てもいい？　暗いのが嫌だから。

十年以上過ぎたあとでも彼は、いつもそうだったように彼女の言うことには一言も逆らえなかった。毛布をかけてソファーで体を重ねて横になると、彼は息を殺して尋ねた。

それ、いつのことだ？

……三年前。

彼女は目を閉じてつぶやいた。彼は何となく彼女が怖かったが、彼の左手はそうではなかったらしい。彼女のシャツの中に入り、脇の下をかすめて、乳輪の凸凹をそっと触りはじめた。

それからまもなく別れて、恋愛もしたけど……うまくいかなかった。男の人と寝るの本当に久しぶりよ。もう寝ないことにしようと思ってたの。

どうして？

自分自身を見失うのが怖いからよ……あの日から。

横に寝ている彼をふと見やる彼女の目が、暗闇の中でくっきりと黒かった。

セックスしてて、自分自身をどうしていいかわからなくなる瞬間。その瞬間が嫌なの。

5

暗いリビングのあちこちには子どものおもちゃが散らかっており、ソファーには妻が途中までたたんだ洗濯物が山積みになっていた。彼は靴を脱いだ。妻と子どもの一日の痕跡がそのまま残っているリビングを横切った。

彼はそっと寝室のドアを開け、妻と子どもの静かな寝息に耳を傾けた。かばんをおろして中へ入った。かがみ込んで子どもの細い髪の毛を撫でてやろうと手を伸ばしたがやめて、横向きに寝ている妻の横顔を見た。

午前中に家に電話したとき、仕事が終わらないので徹夜したという彼の言い訳を妻は疑わなかった。短かった恋愛時代、妻はかなり優しく明るい性格だったが、いつからか、絶対に必要なこと以外は彼と話さなくなった。妻の生きている日常がどんなものなのか、彼にはあまり想像がつかない。彼の日常と同じく疲れるものなのだろうと、シンクの前に立っている妻の後ろ姿を見ながらときどき想像してみるだけだ。ときおり、妻のこわばった肩が何らかの強い感情を抑制しているように見えたが、振り向いた顔には辛そうな気配さえなく淡々としており、彼の推測も形なしだった。その日の午前中もやはり、妻は感情のこもっていない声で今日は早く帰れるのかと尋ね、たぶん無理だという彼の返事に、わかったと言って電話を切っただけだった。

……おい。

彼は静かに呼んだ。答えは聞こえてこなかった。眠っている妻と子どもの横顔が、引き伸ばして大きさだけ変えた写真のように似ているのを彼は見た。寝室は墓の中のように暗くて静かだった。ひどく疲れていたので、まるで死んでいるような妻の眠りの深さに彼は憧れた。

寝室のドアを音を立てずに閉めて、彼は服を脱ぎ、シャワーを浴びた。彼女の体臭が石鹸の泡で残らず洗い流されていくと思うと、名残惜しさと安堵が同時にやってくるようだった。バスタブから出て体の水気を拭くと、彼は顔を上げて鏡を見た。鏡を白くおおった湯気をタオルで拭くと、落ちくぼんだまぶたとぼんやりした目が映った。うっすらとあざができた左の手首も見えた。彼が精いっぱい力をこめて右手で握りしめたときにできたあざだった。

今日彼は、ほとんど仕事ができなかった。彼の左手は、やっとのことでさっき貸付を断ったばかりの初老男性のじっとり湿った手を握り、業務上の話をしていた後輩女性社員のブラウスの前身頃についていた糸くずをつまみ取ろうとして、彼と彼女の両方に息も止まりそうな思いをさせた。また、やけによく光る銀色の新しい硬貨を何度も目の前に持ち上げては、まるでそれが重要な品物であるかのように、そっとワイシャツの胸ポケットに入れた。

最悪なのは、左手がひとりでに動きだすとき、それが何をしようとしているのかまったく予想がつかないことだった。昨日のような、いや、昨日よりもっとひどいことをやるおそれもあった。何一つ確信できなかったから、とにもかくにも彼は右手で左の手首をつかんだ。逃げようとする左手のせいでてんてこまいをしているあいだに電話が鳴り、顧客が訪ねてくる。左手を机の下に隠そうとして、彼はありったけの力を振り絞った。固い紐でも使って左手を縛りたかった。彼はもう耐えられず、席から立ち上がって誰もいない窓の方へ歩いていった。

保安上の理由から、銀行の窓は開閉できないように改造されている。日光が不透明に透過するガラスを手探りしていた彼の左手は、まるですきまを探すように窓と窓の継ぎ目に沿って必死で伸びていき、開かない窓をこじ開けようとした。理解不能な理由でその動きは激しさを増し、その瞬間、彼はすばやく身をひるがえして席に戻った。汗ばんだ背中にワイシャツがはりついた。

時間は息が詰まるほどのろのろと過ぎた。

具合が悪いんですか?

大丈夫ですか?

嫌悪感と恐れの混じった同僚や顧客からの質問に、彼は努めて明るい笑いを浮かべて答えたが、びくびく動く左手と、それをぐっと押さえつけている右手は彼の笑顔と対照的に、むしろ狂人さながらに異様に見えた。

お前、明日までちょっと休め。

とうとう支店長が彼を呼んでそう言い渡したとき、彼は、違いますとあわてて答えた。まだ右手で左手を押さえつけたままだった。

昨日のこともそうだが、お前一人のせいで社内の雰囲気がめちゃくちゃだ。合併前に人事異動があることは知っているよな？　まだ小さい子どももいると聞いてるが……

申し訳ありません。今後はもうこんなことはありませんから。

必要なら病院に行け。いずれにせよ、木曜日からは心を入れ替えてやり直せ。まじめだし人間関係もうまくやっているからずっと注目してきたのに……挽回するつもりで、臨んだ方がいいですよ。

支店長が急に丁寧語になったのは、最後の警告でもあり配慮でもあることを彼は理解した。

席に戻ってかばんに荷物を入れている彼に、チェ主任が近寄ってきて小声で聞いた。

大丈夫か？

彼が努めて平気そうな微笑を浮かべてみせようとした瞬間、二人の顔は同時にこわばった。彼の左手が何気なくチェ主任の前髪を撫でたからだ。あわてて左手を押さえつけながら、彼はしどろもどろになって言った。

し、白髪が、ずいぶん増えたね。何か月か前、白髪が出てきたってぼやいてたばっかりなのに。

チェ主任はおずおずと後ずさりした。言われた通り、白いものがちらほらと混じる前髪を振り払うように揺らすと、つぶやいた。

……病院に行きなよ、イ主任。


明るい時間に退勤するのは入社以来初めてのことだ。ズボンのポケットに左手をぎゅっと突っ込み、右手でかばんを持って彼は歩いていった。行くあてもなく、どれでもいいからバスに乗って川に近い停留所で降りた。川沿いのベンチに横になって眠ろうとしたが、それは簡単なことではなかった。

まだ小さい子どももいると聞いてるが。

ちらっと眠りかけるたびに支店長の言葉が耳の中に分け入ってくるのだ。

彼は地下鉄の循環線に乗って回っていき、建大入口駅で降り、七号線に乗るために歩いてみた。やはり広い窓からまぶしい陽射しが降り注いでくるのを見た。乗り換えの階段にどっと詰めかけた人々と一緒に、また地下鉄に乗った。ガタガタいう連結部を越えて最後の車両までたどりついた。空いている優先席はなく、宙を見ている老人たちの顔は暗く、寡黙だった。

退勤時間よりずっと遅く家に帰る途中、明かりの消えた彼女の店をバスが通り過ぎるとき、彼は痙攣する左手を砕けんばかりにつかんでいた。バスが停留所をもう二つ過ぎたあと、左手はようやく抵抗をやめた。

こうやっていればいいんだ。

彼はゆっくりと大きくうなずきながら、口の中で何度もそう言った。

なかったことにすればいいんだ。そうすればいいんだ。

彼は力なく垂れた左手をじっと見おろした。授業料が払えないため休学して働いたり、家庭教師のアルバイトと学資ローンの借金でやっと乗り切った大学生活、それよりもっと大変だった長い会社員生活、雨に降られながら、はしご車で世帯道具を積みおろして引っ越した新婚生活の思い出が、彼の目の前に静かに浮かんでは消えた。

これでおしまいだ。もう動くなよ。

青く浮き出た左手の静脈を右手で軽く撫でながら、彼はまるでよく知っている人に話しかけるように、小声でつぶやいた。

窓の向こうに視線を投じると、闇のかたまりが街灯のあいだをすばやく泳ぎながら逆方向へ走り去っていた。きらめく街灯の電球が巨大な目玉のようだと、自分を脅かし、執拗ににらみつけているようだと、彼は感じた。


洗面台の上の鏡がまた水蒸気で曇っていた。彼は右手で左手をつかんでみた。何の抵抗も意思も感じられない。彼は左手を上げ、心臓の上に乗せてみた。規則正しい鼓動が感じられる。この前の夜、眠る直前に彼女の胸に乗せた左手で感じた心臓の高鳴りがそっとそこに重なった。いきなり左手が持ち上がり、目をこすったとき、彼は初めてそこに涙がたまっていたことに気づいた。

彼はバスルームの外に出て棚から下着を出して着た。書斎の洋服かけにかけてあったトレーニングウエアを着てベッドの隅に腰かけた。

静かすぎると、彼は思った。

彼の左手が部屋のドアノブにかけられ、ドアを開けた。

のどが渇いたと、彼は思った。

彼はキッチンへ歩いていき、冷たいお茶を一杯飲んだ。はぶ茶で、後味が苦かった。

コップを置いたあと、彼の左手は食卓に置いてある玄関のカードキーをつまみ上げた。

ちょっと歩いてこようと、彼は思った。

彼は靴箱からスニーカーを出してはき、玄関のドアを開けて出た。エレベーターのボタンを押し、一階から九階まで昇ってくるエレベーターの機械音を聴きながら、じれったい思いで待った。夜の街を早足で四十分あまり歩いた彼が、額に汗をかいたまま彼女の店のドアをノックしたのは、ちょうど夜中の十二時を回ったころだった。

6

彼の左手が陽射しの中で上へと伸びていった。萌え出したばかりの薄緑色のナラガシワの葉が、頭上できらきらしていた。葉っぱの中の一枚に左手が触れた。何かが左手の中に染み込んでくるような感じがして、彼は手を引っ込めて眺めてみた。何も変わったことはない。

風だったのかな。

引っ張られたゴム紐が元の位置に戻っていくように、左手は葉っぱの中へと飛び上がった。葉と枝のあいだで静かに揺れている左手はまるで、薄青い水の中を遊泳しているようだ。

朝の散歩っていいわね。本当に久しぶりだわ。

先に立って歩いていた彼女が、山茱萸《さんしゅゆ》の木の下のベンチに座った。茶色のロングスカートの下からのぞくふくらはぎが、白菜の内側の葉みたいだと彼は思った。点々と咲いた黄色い花の下で、彼女は彼に向かって笑いかけた。

今日、有休だって言ったよね。私もお店、休もうかな？　どこか遠いところまで行ってみようか。

……遠いところ？

彼は彼女の隣に座りながら横顔を盗み見た。自分をコントロールできなくなるのが嫌だから一生セックスをしないつもりだったという彼女の言葉を急に思い出し、その通り、自分をコントロールできずにうめいていた何時間か前の彼女の姿が続けて思い浮かんだ。弓のようにぴんとそり返った彼女の腰と乱れた髪を思うと、改めてぶり返す重苦しい肉欲で彼の体は震えた。

よく似合うね。

彼が着た灰色のTシャツの袖に触りながら、彼女が笑った。店の壁に陳列されていたこのシャツを、彼女は長い棒を使っておろして彼に着せた。Tシャツ一面に縫いつけられた丸くて平たい透明なビーズが、鳥が飛んでいくところを描いていた。目のある場所に縫いつけられた黒いフェイクパールが、まるで濡れたようにきらめいている。彼女が着ている白いTシャツには、女の横顔が単純な筆の線で描かれており、その上に、青い天然石のビーズを点々と縫いつけて作った鳥がぼんやりと浮かんでいる。

会社を辞めたの後悔してるって言ったけど、必ずしもそうでもないんだ。休みの日に一日じゅう南《ナン》大門《デムン》市場を歩き回ってきれいな石を買って、あれこれ作って売るの、楽しいし。財産なんかないけど、その分心配もないし、生活が単純だから心も平和なの。……私、たぶん、逆方向に年を取ってるんだと思う。二十代のころは、職場とか貯金とか、家とか家族とか、年齢に応じて何を持ってなきゃいけないかって、そんなことで頭の中がいっぱいだったの。だけど今はむしろ、自分のものなんてないんだと思うわ。時間もお金も人生も……みんな誰かからしばらく借りて使っているんじゃないのかな。

彼はふいに、ずっと昔、学部の演劇サークルで照明器具を相手に悪戦苦闘していた日のことを思い出した。その演劇サークルにはたった一学期所属していただけだが、それがおそらく一生を通して彼がほとんど唯一経験した贅沢だった。さっき当てた夜明けの青い光を表現した照明で明らかに感じの変わったリハーサル舞台を見おろしながら、彼はしばし、この世を抜け出したような恍惚を感じていた。それ以前も以後も二度と感じたことのない、ふしぎな喜びだった。舞台装置を任された彼女は彼の前に立っていたが、その瞬間彼の方に振り向いて微笑んだ。照明が気に入ったと言う代わりに微笑んだのだ。そんなふうに言葉を使わずに語る微笑、気持ちを無駄なく伝える微笑を、彼は初めて見た。あのとき彼女の手を握るべきだったのだと、彼は長いこと自分を責め、後悔してきた。

彼の左手がそっと動きだし、彼女のうなじに置かれた。彼女の手が優しく彼の手の甲に重ねられた。彼女の首から肩へ続くやわらかい線に沿って、彼の左手はまた動いた。

くすぐったい。

彼の左手が動くたび、彼女はがまんできずに吹き出した。彼の左手は彼女の脇の下に移動した。彼女の笑い声がさらに大きくなった。

ちょっとぉ、ねえ、やめてってば。

くすくす笑いながら彼女が彼の脇の下をくすぐりはじめた。彼も吹き出した。

やめてよ、もう！

目に涙までためて、彼女は必死で彼の左手をよけようとし、ようやく一度チャンスをとらえて彼をくすぐりながら、息も止まらんばかりに笑いつづけた。

彼は発作的に、笑っている彼女の顔を引き寄せてキスをした。彼の左手が彼女の手を握りしめた。

この手を握ってどこまでも行きたいと彼は思った。陽射しがいちばんまぶしい午後に、いちばんにぎやかな街を歩きたい。二人の唇が何度かにわたって重なった。彼の左手が彼女のTシャツの裾でそっと動いた。唇を離して、彼女がささやいた。

あなたの家に行こうか？

彼はまぶしそうに目を開けて、浮き立つ彼女の目を見つめた。

お店はうるさいから……あなたの家に行こうよ。

まだ左手が彼女の服の中にあるのに、彼は火がついたようにベンチから体を起こした。

も、もう行かないと。

どこに？

彼女も中腰になって、ベンチの背当てに手をついて立ち上がった。

……どこに行くの？

彼は彼女から離れようとした。しかし彼の左手は彼女の服から出てこず、かえって逆に、服の縫い目を確かめながら背中の方へ回っていった。深くきれいにへこんだ脊椎の輪郭に沿って上っていく左手を引っ込めようとしながら、彼はあわてて言った。

は、話があるんだ。君に、言ってなかったけど……

この手、どけてから言って。

彼女が決然として後ろに下がると、とうとう左手が彼女の体から離れて出てきた。彼はすばやく右手で左手首をつかんだ。一言ずつ、やっとのことで話しつづけた。

隠すつもりじゃなかったんだけど……ただ、俺は……

大きく見開いた二つの目をこれ以上見つづけるのは無理だと思った瞬間、彼の左手がおおい隠すように自分の口を押さえた。彼が右手で左腕を引っ張りおろそうとして必死になっているあいだ、彼女は怯えて後ずさりした。

ソンジン、どうしたの？　何してるの？

逃げ出すか、誰かに助けを求めようとするように、彼女はせっぱつまって後ろを振り向いた。左手をようやく口からはがした彼は、つっかえつっかえ言った。

ご、ごめん、こ、このばかな手のせいで……だけど、俺、君に……

鋭い一撃が彼の顔を見舞ったのは、そのときだった。彼女の悲鳴が彼の耳をつんざいた。地面に投げ出された彼の鼻から鮮血が流れた。彼の鼻に命中したのは、固く握りしめた自分の左の拳だった。

7

医師のデスクの横の壁には白いライトボックスがかけられており、彼の顔のレントゲン写真がそこに貼られていた。青黒い写真の中で彼の白い頭蓋骨は、海の底に沈んだ古代人の骸骨のように見えた。

彼と同年代に見える医師はなかなか整った顔立ちで、贅肉のない均整のとれた体型をしていた。医師は彼の鼻の骨に異常はないと言ったあと、理学療法を指示し、コンピュータに処方を入力しながら尋ねた。

どうしてけがをされたんですか？　傷害診断書は必要ありませんか？

彼はためらったが、事実を打ち明けた。

実は……他人ではなくて、自分でやったんです。いえ、この左手がということです。

彼は右手で左手をつかみ、医師に向かって差し出してみせた。

昨日から全然私の言うことを聞かないんです。これのせいで何もかもめちゃくちゃです。どうにかして動かないようにしなくちゃいけないんですが。時間がないんです。明日から出勤なのに、これじゃ仕事なんかできません。手首を折っていただくわけにいきませんか？　または、左手を動かすのに必要な筋肉が使えないようにしていただくことは……

医師はキーボードを打つ動作を止めて彼の方へ向き直った。せわしく話しつづけていた彼は、ああ、と低い嘆声を上げた。

この上にギプスをはめてください。そうすれば大丈夫ですよね。

両手を組んで彼の言葉に耳を傾けていた医師の顔は冷静で、几帳面そうだった。

パク先生にちょっと来てもらって。

カルテを待って立っていた、ちょっとめんくらった表情の看護師に向かって医師が言った。看護師は診察室の外へ出ると、さっき彼の顔の写真を撮った二十代の背の高い放射線技師と一緒にまた入ってきた。

医師が席を立った。彼もそれに従って中腰で立ち上がった。医師は落ち着いた口調で、彼に言った。

イ・ソンジンさん、このビルの五階に精神神経科があります。先生も信頼できる方です。一度症状をお話ししてみてください。この人が案内してくれます。

彼の体から力が抜けた。

いいえ、精神科の治療なんか必要ありません。ただ左手にギプスをはめてくださればそれでいいんです。難しいことではないでしょう？

焦った手つきで財布を取り出してみせながら、彼は言った。

私は頭がおかしいわけじゃないんですよ。もちろんそう見えるでしょうけど……診察費も払えます。

医師の整った顔には一分のすきもない冷たい微笑が浮かんでいた。

まずは、精神神経科でカウンセリングを受けてみてください。それでもどうしてもギプスをしたければ、そのときまた来てください。

あら！

看護師が低い悲鳴を上げた。彼の左手がゴムボールのように前に飛び出したのだ。医師はすばやく体をよけてかわした。彼が重心を失ってばったりと倒れたすきに、放射線技師の手が彼の左腕をつかむと、何かの武道の有段者とおぼしき機敏な動作で彼の手首を後ろに曲げた。

あ、あ、痛い、痛いですよ。すみません、この左手が……

床に膝をついて彼が叫んだ。放射線技師が腕に力をこめたので、彼は次の言葉が言えなかった。うめき声を飲み込んでぺったりと床にうつ伏せになっているあいだも、彼にはわからなかった。放射線技師が彼の左腕をつかむ前に左手がやろうとしていたことは何だったのか。医師のすきのない顔めがけて拳をくらわせようとしていたのか。首根っこをつかもうとしていたのか。でなければ、医師の肩をつかんで揺するとか、単にあの冷たい微笑をもう見ないですむように顔を手で隠そうとしていたのか。

青信号が灯り、それがちかちか点滅して消え、赤信号が点灯するのを眺めながら彼は立っていた。大きな鳥が描かれたTシャツに黒いトレーニングウェアのズボンという服装の彼は、ネクタイを締めて帰路をたどる会社員たちの中で目立っていた。放射線技師が後ろに曲げた左の手首がまだ痛かった。右手で左腕を揉みながら、彼は若い放射線技師のいぶかしげな顔を思い出した。一人でエレベーターに乗れると言いながらずっとうつむいていた彼を、放射線技師が半分でも信じてくれたのは幸いだった。

本当にすみません。もうこんなことはしませんから。

彼は最後に丁寧に黙礼をして、一人でエレベーターに乗った。五階に着いてドアが開くと、非常階段を歩いて降り、できるだけ遠くまで歩いてこの信号の前まで来たのだった。

どうしたらいいんだろう、と彼は思った。無理にでも腕を折ってしまって、どこでもいいから病院に行ってギプスをしてもらうべきだろうか。

もうすぐ病院が閉まる時刻だから急がなくてはならない。いずれにせよ今、折らなくては。さもないと気がふれたと思われるだけだ。でもそれなら、何を使って折ろうか。そう考えていくあいだも彼は、この状況が信じられなかった。何でこんなことが自分に起きているのだろう。

彼は二ブロックぐらい先のビルのてっぺんにある大型安売りスーパーの看板を見た。道を渡る代わりに、あそこに行こうと決心した。工具コーナーで金槌を買い、それを使って叩くのだ。それしかない。

ズボンのポケットから携帯の振動が伝わってきた。彼は発信者を確かめた。チェ主任だった。

もしもし。

スーパーに向かって大股で歩きながら彼は言った。

イ主任、病院は行ったか？

今行ってきたところだ。

医者は何て？

大丈夫だって。たぶん睡眠不足だろうって……会社はどうだ？

俺、今、ちょっとだけトイレに来て電話してるんだ。イ主任がいないときにシン部長が支店長に会って何か話したらしくて……ちょっと様子がよろしくないんだよ。午前中に支店長がイ主任のデスクのところに来てたんだ。それで、少し前に俺が呼ばれて、お前の引き出しにあったファイルを全部、保管しておけって言われたんだよ。

彼は立ち止まった。頭の中でしばらく電気が消えたように、視界がまっ暗になった。

畜生、こんなことしていいと思ってんのかな？　俺たち入社してから今まで、まともに休んだことがいつあった？　こんなふうに首切りだなんて、シン部長の奴、いったい……

彼が何か答える前に、彼の左手が携帯のフォルダーを閉じた。携帯が再び鳴ると、左手はそれを歩道の敷石の上に置いた。彼はわずかに頭を振りながら、携帯の前にうずくまった。右手でそれを拾うことも思いつかないまま、震えながらあっちへこっちへ動き回る携帯を見おろしていた。慣れためまいが押し寄せてくる。目を閉じるとまぶたの内側が暗かった。体がふらつき、回転するように感じられた。

睡眠不足がひどすぎる。しかも昨日の夜からろくに何も食べてないじゃないか。

彼は目を開けた。生つばを飲み込みながら、彼は考えた。

コーヒーを飲まなくちゃ。いや、何か食べなくちゃ。いや、ちょっとでもいいから目を閉じて寝なくちゃいけない。気を確かに持って、考えなくちゃいけない。

携帯の振動が止まった。留守電に変わり、青い文字が液晶画面に出てきた。彼は震える右手を伸ばして携帯を取り上げ、長いあいだその黒い画面を見つめていた。フォルダーを開き、しばらくためらってから元通りにたたんで握りしめると体を起こした。

8

最後の植木鉢を店に入れて、彼女は戸締まりをした。ショーウィンドウのブラインドをおろそうとした瞬間にだしぬけに現れた彼の顔を見て、彼女は声にならない悲鳴を上げた。彼は後ろ手を組んでドアの前に立ち、いらいらと待っていた。開けてくれたら入ろう、開けてくれなかったら引き返そう。ドアに向かおうとする左手を右手で押さえつけながら、彼はそう心に決めていた。

ドアが開いた。階段の段差があるせいか、すらっと長身の彼女がさらに大きく見える。彼の顔を一瞥したあと、彼女は店の中に大股で入っていった。彼も続いて入った。

彼女は作業台に斜めにもたれて彼に向かい合った。自分で作ったものらしい、ビーズと平たいアルミの飾りで装飾したたっぷりした灰色のプリーツスカートをはいている。作業台には彼女が着ているのと同じで色だけ少し濃いスカートが、まだ飾りをつけていない状態で置いてあった。

俺、ここでちょっとだけ寝ていってもいいか?

乾いた唇を湿らせながら、彼が聞いた。

睡眠不足がひどすぎて、何も考えられないんだ。ここ以外で熟睡できたことがないんだよ。考えがちゃんとまとまらない。スーパーで缶コーヒーを三本も飲んだんだけど……いっそコーヒーなんか飲まないで、ここに来て寝たらよかった。買おうと思ってたものも実際には買えなかったし。全然、まともに考えられないし……それがいちばんの問題なんだ。

彼は、早口でまくしたてているこれらの言葉がそっくりそのまま宙に揮発していくようだと感じた。彼女が果たして彼の言葉を聞いたのかどうかも定かではない。小声すぎたのか、大声すぎたのか。彼女は作業台にもたれて立ったままで、何も答えなかった。

ほんとにごめん。三十分だけ、ほんの三十分だけ眠ったら行くから。

凍りついたような彼女の顔を見ていると、彼は息苦しくなってきた。彼は激しくあえぎながら言った。

わかった。もう行くよ。

右手を後ろに伸ばしてドアを開けようとする彼に、彼女が言った。

……何が問題ですって？

彼女の顔は暗く、声は低く、混乱していた。

私に話そうとしてたことは何なの。今朝のあの騒ぎは何。

彼女は、あざができた彼の鼻を目くばせで示した。

たぶん理解できないと思う。

彼はためらいながら一歩一歩、彼女に近寄った。彼女の額にかかっている髪の毛に向かって左手が伸びていった。彼の右手が制止しないと見ると、左手は彼女の髪の毛を丸い耳の後ろに撫でつけてやった。彼女は静かに、しかし頑なに顔をそむけたまま彼の左手を顔から引き離した。心臓が収縮するような痛みで、彼の顔が歪んだ。

……ごめん。

彼はやっとのことでそう言うと、一歩後ろへ下がった。

何がごめんなの？

全部、この手のせいなんだ。

彼は自分の左手を握りしめながら言った。彼女の顔の方へ戻っていきたいのか、彼の左手はもがきながら右手から抜け出そうとしていた。

左手が言うことを聞かないんだ。これのせいで何もかもめちゃくちゃだ。仕事も首になった。手がこうじゃなかったら、あの日、ここに入ることもなかっただろう……

やはり彼女は彼の話を理解できなかった。彼の顔をしばらく凝視してから、彼女は尋ねた。

つまり、あの日ここに入りたくはなかったってこと？

いや、必ずしもそういうことではなかったんだけど、たぶん普通だったら絶対……

絶対、私とは寝なかったってことなのね。

彼は答えなかった。猛烈な寒さのようなものが感じられて、彼は身震いした。

独身だっていうのはほんとなの？

彼は答えなかった。

子どももいるの？

彼はやはり答えなかった。

私、人を見る目がなかったのね。

彼女の口元に苦笑が漂った。顔からは笑いが消え去り、彼女は長いこと沈黙した。そんな冷たい表情になると、彼女はすっかり老けて見えた。口を開いたとき、彼女のまつ毛がかすかに震えているのを彼は見た。

……ソンジン、あなた寝てるときいびきかくよね。実は何度も目が覚めて、あなたの顔を見てたのよ。私の隣で誰かがずうずうしく大いびきをかいて眠ってるのが珍しくて。

のたうちまわる左手をつかみながら、彼はちょっと前の言葉をのろのろとくり返した。

ごめん。

結婚したのはいいことよね。だけど、何で言わなかったの？

彼女はちょっと不自然に明るい口ぶりで尋ねた。

言おうと思ったんだ。でも……

うまくいかなかった？

彼女は、姉のようにあっさりと彼の言葉を補ってくれた。彼は得体の知れない怖さを感じながら、彼女の顔を見つめた。何を考えているのかわからない、十歳ぐらい年上の女のような、乾いた表情だった。

あのとき話した、その日に……私が殺しに行った人はね、そのころつきあってた女と今も仲良く暮らしているわ。

彼女は力をこめて手の指を組んだりほどいたりしてから、自分の膝のあたりをしばらくぼんやり見おろした。

私、ほんとにばかだった。何であんなことに命を賭けたのか、もう壊れている関係を修復しようとして意地を張ってたのかわからない。実は結婚生活が楽しかったわけでもないのにね。むしろ、耐えられないと思うことの方が多かったのに。全世界が私を網で捕まえて鳥かごに閉じ込めてて、たった一歩外に出ただけでも無数の銃の引き金が四方から引かれるような気持ちだったのに。

彼女は例の苦笑を口元に浮かべた。

ほんとは私、男がきらい。ううん、男とのあいだに結ぶ関係が嫌なんだ。この三年間は、七年の結婚生活で曲がって、歪んで、最後の方ではほとんど粉々になってしまった体がまた元の形を探してるような時間だった。何度も自分に言い聞かせたわ。あとは寂しさにさえ耐えれば……愚かな恋愛にさえ巻き込まれなければ、もう何もしくじることはないって。

彼女の目はまるで、誰かの顔を彼の顔の上に重ねて見ているような強い感情をたたえて光っていた。

……鳥かごの外に一度出た鳥にとって、いちばん怖いのは鳥かごだよね。そんな鳥を捕まえようとしたら、足の爪やくちばしでつつかれるしかないでしょう。たとえもう一度鳥かごに入れることに成功したとしても、たぶん鳥はひとりでに死んじゃうよね。あなたが私を捕まえるって話じゃなくて、万一捕まえたとしてもあなたの得にはならなかっただろうってことよ。だから、うまくいったんだよ。謝ることない。

……ごめん。

もう、そんなこと言うのやめて、帰ってよ。

彼の左手が先に、彼の体がそれに続いて彼女を抱こうとした。彼女は彼を振りほどいて立ち上がり、作業台を回って椅子に座った。冷たく落ち着いた話し方とは異なり、彼女の動作は激しかった。彼女の声が震えながら高まった。

私、帰れって言ったでしょ。これだからもう恋愛なんかしたくないのよ。熱に浮かされた思いとか、涙とか、私らしくない行動とか、わけありな事情とか、心の底まで見たり見せたりすること……もう嫌だし、うんざりだわ。いいかげんにして、帰って。

彼は彼女のそばに近づき、身をかがめ、片足を折ってひざまずいた。

ソネ、聞いてくれよ。

彼の左手が彼女の髪を撫でた。濡れて光っている彼女の目を美しいと彼は思った。彼女の唇が震えながら開いたとき、彼はやみくもに自分の唇をそこに重ね、彼女を抱いた。

あなた、ほんとにわかってないのね。放してよ。

彼女は力いっぱい彼を突っぱねた。彼女が真剣に自分を拒否していることを彼ははっきり感じた。

彼は彼女から離れたが、彼の左手はまだ彼女のうなじにとどまっていた。

ごめん、ほんとに、この手のせいで……

彼は後ずさりしようとした。彼の左手が彼女の鎖骨をまさぐり、胸にしのび込んだ。くらくらするようなやわらかさに、彼はぎゅっと目を閉じた。

やめてって言ったでしょ！

彼女は椅子から立ち上がろうとし、悲鳴を上げて床に座り込んだ。彼の左手が彼女のたっぷりしたスカートの中へ伸び、もぐり込んでいく。

どうかしてるわ！　この手、どけてよ！

彼女が驚いて退くあいだにも、彼の左手は必死で彼女の丸い膝や内ももを伝って上がっていった。

彼女の顔がこわばった。

ちょっと、何すんのよ！　やめなさいよ！

彼女の声がひび割れ、鋭い悲鳴が吐き出された。左手を引っ張り寄せようとしてもがく彼の目からは涙が流れ落ちた。

ごめん、すまん、俺……

彼女の体のいちばん温かいところに左手が触れた瞬間、彼の左肩に鋭い火花のような感覚が走った。

彼は四方に飛び散る血を見、彼女の震える手が持っている作業用カッターを見た。

9

人通りのない暗い路地を選んで彼は家へと歩いた。血が流れ出ている左の肩をTシャツで巻いて縛っていたので、ランニングシャツ一枚という姿だった。痛みと寒さで顔は黒っぽく青ざめ、酔っているようにふらふらの足どりだった。寒いのに、のどが焼けつくように渇いているのが変だった。睡眠が、墓のような睡眠だけが必要だった。目に見えるすべてのものの表面が、すぐにでもかさかさと粉になってこぼれ落ちそうだった。会社員とおぼしき二十代の女性が一人、遠くから彼を見るとすぐに引き返して路地を逃げていった。充血した目を見開き、力を振り絞って彼は歩きつづけた。

幸い、マンションの一階の出入り口でもエレベーターでも誰にも出くわさなかった。彼は九階で降り、玄関のキーの暗証番号を押した。電子音とともに鍵が開いた。ドアを引いて開けた瞬間、家の中の明るさに彼は驚いた。妻はだいたい十時になる前に子どもと一緒に寝るので、夜中の十二時近い時刻に部屋に明かりがついていることはほとんどなかったのに。

彼は靴を脱いで入っていった。異常なくらい静かだった。リビングも、キッチンも、寒々しく寂しかった。

やがて彼は、家があまりにも片づいているのでそう感じるのだということに気づいた。おもちゃ一つ、菓子のかけら一つ見当たらない。彼は玄関の方を振り返った。妻の靴があるだけで、子どもの運動靴がなかった。彼はしっかり歩こうとしてあがきながら、寝室のドアを開けた。誰もいない。彼はさらに歩いて書斎のドアを開けた。暗闇の中に、ベッドに腰かけた人の形が見えた。

……ど、どうしたんだ。ドンホはどこ？

彼は書斎の電気をつけた。

妻が外出着を着て、肩にバッグをかけたまま座っていた。彼を見るとびっくり仰天して尋ねた。

あなた、けがしたの？

……そうなんだ。でも、ドンホは？

今日、兄さんのところに預けたの。だけどあなたどうしたの、その腕？　それに顔も。

一山《イルサン》に預けたのか？　どうしてだい？

彼の言葉には答えず、妻は自分の目が信じられないというように彼の挙動をうかがっていた。

会社から帰ってきたんじゃないの？　何でスーツ着てないの？　病院には行ったの？

彼は暗澹たる非現実感が押し寄せてくるのを感じた。

君から先に言ってくれ。

嫌よ、あなたから言って。

全体に凹凸が少なく平べったい妻の顔は、今日に限って青ざめていた。血の気がなさすぎて、他人のようによそよそしく見える。彼が答えない限り口を開きそうにも思えない。彼は適当に重要な部分を省き、嘘を織り混ぜて話した。

会社、首になった。昨日のことだ。今日はまともな精神状態じゃなかったんだ。傷は大したことない。

……首？　何で？

説明すると長くなる。

妻はぼんやりと彼を眺めていた。まだバッグを肩にかけたままだった。

こんどは君の番だよ。

そのとき、妻もまた重要な部分を省き、嘘を織り混ぜて話してくれることを彼は祈った。しかし妻はそんなずるい人間ではなかった。

いいわ……話すわ。あなたが何日も連絡もよこさないし、帰ってこないから、私、もう限界だ、これ以上がまんしても無意味だって思ったの。

妻は緊張を帯びたせっぱつまった声で、目には相変わらず疑いと混乱をたたえたまま話しつづけた。

……仕事のことしか考えてないあなたと一緒に暮らして、私、不幸せだった。あなたは子どもも愛してないし、週末に一、二時間遊んでくれるときもソファーに寝てテレビ見てるだけじゃない。この何年間か、私にとってあなたはＡＴＭみたいなもんで、あなたにとって私は子どもを育てて家事をする機械みたいなもんだった。……まだ遅くないならやり直したいの。

何を、どうやり直すんだ？

生つばを飲み込んだあと、彼は息をするのをこらえながら尋ねた。

死んだみたいになって……私の感情なんかないものと思って、子どものためにだけでもこの状態を維持しようかとも思ってた。だけど今朝、はっきり思ったの。あなたが殻を脱ぎ捨てるみたいに置いていった香水の匂いのする服を持って洗濯機の方に行こうとしたとき、もうこれ以上がまんはしたくないって。

妻の震える声を、固苦しいと、彼は思った。これがこの七年、彼と一緒に暮らしてきた女の声だろうか。全力を上げて、彼は耳を傾けた。

この家、安く売りに出せばすぐに買い手がつくわ。銀行のローンを返して残りを分ければ、それぞれがこれから住む家の保証金にはなるでしょう。それまでは私、兄さんのところで暮らす。

その瞬間、彼の左手が彼の口をふさいだ。

あなた、泣いてるの？

妻はバッグを肩にかけたまま、彼の方へ近づいてきた。彼は首を振って後ろへ下がった。

会社のことは予想外だったわ。私も今、混乱してる……その傷、ほんとに病院に行かなくていいの？

彼の口から左手がはずれた瞬間、彼は妻を避けて後ずさりした。何をしようとしているのかわからない左手を決死の思いで押さえつけた。左手が荒々しく動こうとするたびに、肩が裂けそうなほどの痛みが感じられた。

近くに来るな。早く行け。

驚いて目を見張る妻に向かって彼は叫んだ。

行け、早く行けってば！

妻の顔が恐怖で凍りつくのを彼は見た。

彼はじたばたする左手をつかまえて、開いているバスルームに入った。右手でドアを閉め、空のバスタブに飛び込んだ。左肩の傷を右の拳で力いっぱい殴りつけた。悲鳴を飲み込みながら、彼はバスタブの中でころげ回った。彼が呼吸を整えているあいだに、玄関のドアが開く音がした。彼の荒い息遣いとうめき声の向こうで、鍵が閉まる電子音が聞こえた。

10

靴箱の引き出しから探し出した金槌を持って、彼は震えながらバスルームの鏡の前に立っていた。左腕を折ってしまえば左手はもう動かせなくなる。明日の朝はいつもと同じように出社するのだ、何としてでも自分の席は守り抜くのだ。妻と子どもも取り戻すのだ。彼の肩をカッターで刺した彼女のことは忘れよう。動揺もしないし倒れもしない。眠れないことも、自分を疑うこともなくなるはずだ。子どものかぼそい髪の毛の感触を思い浮かべた瞬間、彼は荒い息をした。

……許せん。

歪んだ顔で、彼は金槌を振り上げた。垂らしていた左手が右手をつかんだのはそのときだった。彼はうめき声を上げながら、左手を振り払った。

じっとしてろと言っただろう……もう動くなと言っただろう！

左肩の傷が開き、鮮血がどくどくと流れ出た。左手が右手の手首をひねった。右の拳が金槌を取り落とし、それが彼の足の甲に落ちた。彼はかすれた声で悲鳴を上げた。

殺してやる……やっちまうからな。

唇を歪めて彼はあえいだ。片足を引きずり、バスルームの敷居につまずいてうつ伏せに倒れた。彼は右手を後ろに伸ばして金槌をつかんだ。金槌を握った拳を床に突っ張り、暗いキッチンまで腹ばいになって進んだ。金槌を置いて座り、手探りでシンクの戸を開けた。包丁立てに差してあった果物ナイフを抜き取った。

待ってろよ、そうだ。

動きを止めた左手に向かって彼は、歯を食いしばって言い放った。

俺はお前をちょん切っちまうことだってできるんだぞ……わかるか？　骨を折るだけですんで良かったと思え。

彼は右手を伸ばせばすぐ届くところにナイフを置いて、金槌を持った。目を光らせて金槌を振り上げた。同時に左手が稲妻のようにすばやく上がり、金槌を引ったくった。こんどは彼の右手が左手の手首をひねった。金槌が床に落ちた。左手首の痛みに、彼は眉間にしわを寄せた。

警告したよな、殺してやるって！

彼の右手が果物ナイフを握りしめた。その瞬間、蛇のように突き上がった左手が右の手首をわしづかみにした。

放せ……これを放せ。

彼の顔の筋肉が引きつった。額の血管がぴくぴくする。ぎりぎりのところで持ちこたえていた右の手首が突然折れるように後ろへ曲がった。左手が果物ナイフを引ったくった。

それをおろせ、早く。

汗か涙かわからないもので彼の顔はびっしょりと濡れ、てらてらと光っていた。彼の右手が左手の甲をつかんだ。息を切らしながら、彼が叫んだ。

……さっさとそれを、渡すんだ！

二匹の獣のように、二本の腕は全力でもつれあい、一瞬、号泣のような悲鳴がマンションの静寂を破った。

暗く冷たいキッチンの床に彼の体は長々と横たわっていた。恐怖の中でナイフを突き立てられた胸が、むせび泣くように一度震えた。開いたバスルームのドアから漏れてくる白っぽい電気の明かりが彼の顔を照らす。血のついた左手が充血した目元についているべたべたするものをこすると、さらに赤く染まっていった。

火とかげ

노랑무늬영원

1

イワシの群れに遭遇したことがある。無数の銀色の点々がいっせいにきらめきながら、船の下を泳いで通り過ぎた。それはすばやい速度で消え去り、まるで幻を見たようだった。一瞬の光と細かな動き、飲み込んだ息、水面の静寂が私の中に残っている。

それで、おしまい。

2

何、捜してるの。

時計。

時計？

腕時計。それと財布も。

そんなもの、何でまた急に。外出でもするのか？

私は机の前に座ったまま、さっき夫が私の背中に向かって投げた言葉の余韻を反芻してみる。外出でもするのか。その行間に染みついているのは忍耐と、いらだちと、抑制された敵意だ。若干の軽蔑も混じっているようだ。私は答える代わりに息を吸い込む。そして引き出しの中を捜しつづける。最初の引き出しは通帳、実印、鍵だけを入れておく場所なのですぐに閉め、二番めの引き出しに目を通しているところだ。二年前の領収証、カードの明細、いくつかのお店のポイントカードが出てくる。有効期限が過ぎて用無しになったクーポン、ぼんやりした印象が残る名前の名刺などがごちゃ混ぜになっている。

私は立ち上がってリビングに行く。夫はバスルームのドアを開けてシェービングフォームをあごに塗っている。

……アトリエに行ってみようと思って。

私はやっと返事を返す。

彼は鏡に映った私と目を合わせる。ちょっと窮している表情だ。

そうか。言わなかったっけ。

何を？

何日か前にアトリエの大家から、保証金（一〇四ページの注を参照）を値上げしたいって連絡が来たんで、解約するって答えたんだ。

私はしばし言葉を失う。

何で……

私はちょっと言葉に詰まる。

どうしてなの。私に一言も相談しないで。

二年前にそうすべきだったんだよ。今の君の状態じゃ制作はできないだろ。君の治療費でもう銀行の残高もほとんどゼロだし、不安なんだ。遅すぎたって気もするけどな、そうしようよ。

彼の言葉に納得したわけではなく、ただ茫然とした状態で私はうなずく。そして同じ言葉をくり返す。

だとしても、なぜなの、私に一言も相談しないで。

それは君の言う通りだ。ほんの何日か前のことだから、本気で取り消したいなら自分で大家に電話して。

夫の顔は固くこわばっている。あんなにまじめな顔をして泡をいっぱいつけているのが、喜劇的に見える。

彼の視界から抜け出すために私はキッチンへ行く。からっぽの食卓の前に座り込む。この、朝の静かな会話に刻印された何か鋭いものへの違和感を、黙々と私は反芻する。説明という手順を踏むのも疲れるというように早口で言いつのる夫の顔。そのあごに盛り上がっている泡。会話しながら感情を隠している、二人の、低い、他人行儀な声。

私が椅子に座っているあいだに彼はひげ剃りを終える。バスルームの電気を消して出てくると、服を着替える。玄関の横の鏡を見ながらネクタイを締める。長さを調節するために二回ほどいて結び直す。

最後にかばんを持って出ていく彼を見送るため、私は玄関へ歩いていく。

何かあったら電話して。

彼の言葉に漂う無関心、義務感、静かな偽善を私は聞き取る。

行ってらっしゃい。

私は笑う。

ドアに施錠して、靴箱の上の鏡を見る。私、今、笑っただろうか?

そうっと歩いて机の前に戻る。大学生のころ以来もらった手紙やはがき、お祝いのカードの類が入った三番めの引き出しを開けて、すぐ閉める。

次はバッグを調べる番だ。十個あまりのバッグが机と壁のすきまに積んである。おしゃれやショッピングが好きだったことのない私に唯一の例外があったとすればこれ、バッグを買うことだ。リュック、ショルダー、ミニボストン、布でできたの、ビニールバッグから革製品まで、どれもこれも型崩れして歪んだまま埃をかぶっている。

いちばん大事に持ち歩いていた青いショルダーバッグから開けてみる。時計と財布は見当たらない。ファスナーつきの内ポケットから五百ウォン玉と地下鉄のカードが出てくる。

これ、今も一万ウォン単位なのかな。

私は地下鉄のカードを右手で取り上げてみる。

いくら残ってるんだろう。

階段を降りて乗車券売り場を過ぎ、カードを入れ、すぐに飛び出してくるカードを受け取り、表示板に沿って歩いていく。エスカレーターに乗り、降り、線の内側に立ち、金属性のベルの音に続く、冷たい女性の声の案内放送を聞く、ただいま、れっしゃが、とうちゃくします。

そこに立って電車を待っていたのは、本当に、私だった?

私は意味もなく親指の爪を立て、カードのまん中の磁気ラインに沿って垂直に引っかき傷をつけてみる。

3

あの犬は今、生きているだろうか。死ぬべきだったあの犬。私の車のタイヤの下で、形もとどめないほどにつぶれるべきだったあの犬。

二年前の早春、日曜日の明け方だった。眠っている夫を起こさずに私は家を出た。静かなマンションの駐車場まで歩いていき、外気がひんやりしているせいでほのかに温かく、心地よく感じられる小型車に乗り込んだ。いつものように近道を選び、アトリエに向かって車を走らせた。ニュータウンのはずれの野道にさしかかったとき、きれいな空気を吸うために両側の窓を開け放した。

黒い大型犬が車の前に飛び出してきたのはそのときだった。私は左の小川の方へ急カーブを切り、川に落ちる寸前でまた急カーブを切った。タイヤが宙に浮き、もう一度急回転すると車体が引っくり返った。

また同じ事態が迫ってきたら、私は急ブレーキを踏むだろう。犬をよけようとして、左右にめちゃくちゃにハンドルを切ったりしない。私の車を転覆させ、左手を使えなくさせ、脊椎にひびを入れさせるようなことはしない。

すべてのことには教訓がある。幼いころから私はそのような姿勢で生きてきた。三十二歳になるまで不運や失敗に際して常に冷静でいられたのは、何が起きてもよく考えてそこから教訓を読み取ろうとするこの習慣のおかげだった。病院で目を覚まし、伸びてしまった首の靱帯や脊椎のひびはどうにか回復可能だが、左手だけは完全に骨が砕けてしまった、神経も損傷しているため再生不能だと知ったとき、いつものように私はよくよく考えた。しだいに大きくなっていく車の揺れを止めようとして、開けた窓から左手を出して車体を押さえようとした私のミスについて。

私っていつもそうだ。自力じゃとうていできないことをやろうとする、この愚かさが短所なんだ。とっさの判断力も足りなかった。常に冷徹でいなきゃいけないし、ときには残酷でなきゃいけないこともあるのに。

教訓とは何とばかばかしいものか、私はそのとき悟った。人生は学校ではない。テストのくり返しでもないのだ。私の左手は砕けてしまい、それでおしまい。ここからは学べることも反省できることもない。何の意味も、ない。もう一度あんなことが起きたら私はあの犬をよけたりしないだろうけど、歯を食いしばって轢《ひ》いてしまうだろうけど……いったい、そんなことがまたいつ起きるというのだろう?

最初の不運は静かに、別の不運を呼び込んだ。大量に出血して衰弱したうえ、何をするにも右手にばかり無理な力をかけたせいで、退院後まもなく右手の関節に影響が出はじめた。悪化すると鍋ややかん、ひどいときにはマグカップすら自力で持てなくなり、いちいち夫を呼ばなければならなかった。

無意味な反省はその過程にもつきまとった。リハビリを一生懸命やりすぎたこと、早期回復にこだわったこと、そのためにまるで完治した人みたいに行動したこと。改善すべき私の癖とは、ときにバランスを失うほどの意欲で無我夢中になってしまうこと。一つの課題が与えられたら三つ成しとげてようやくほっとする優等生気質。迷惑をかけることを必要以上に嫌う潔癖性。

一年近く通院して理学療法を受けたあと、冬の終わりに、私は両手ともまともに使えない人間になっていた。左手は完全に使いものにならず、右手ではそれこそ生活に最低限必要なことがやっとできるだけだった。

「これから一年だけ様子を見てみましょう」と医師は言った。一年間、右手は休ませてやれというのだ。できるだけ家事をせず、絵を描くことはもちろん、重いものを持ったり力を込めたり、手首を後ろに曲げたりもするなと言った。十分な栄養をとり、ストレスを避けろという言葉もつけ加えた。人体の自然治癒力を信じましょうというのだった。

治ってからも、手に無理がかかることはできるだけ控えた方がいいですよ。

医師が一年だけと念を押したその時間が過ぎたが、右手は回復しなかった。彼は良い医師だった。若く、威張らず、患者に配慮するすべを知っている医師だった。そんな医師に出会えたのは幸運だった。言ってみれば、この二年間に私が出会った唯一の幸運だったことになる。

4

水の中に入っているような気分になることがある。私の体の微細な動き、息を吐いて吸うこと、時間の流動まで感じられるような状態。たとえて言うなら時間の裏側に入ったような状態。あまりにもぼんやりしてしまって、電話が来てもそれを意識できず、着信音が途切れる直前になってやっと気づく。気づいても、立ち上がらなくちゃとか「電話を取りそこなったな」とあわてるわけではない。ただもうすべてが、異様なほどありありと時間の流れの中に存在しているだけ、ということなのだ。

そんなときの私の姿は幽霊のように、もしくは幽体離脱を経験しているヨガ修行者のように見えるかもしれない。何日か前、夫は自分の部屋から出てきて、リビングの床にそんな状態で座っていた私の姿を見つけてのけぞった。

おどかさないでくれ。

彼の顔はこわばっていた。

事故に遭う前には、そんなことはなかった。小さいときから内気ではあったが、内面は充実し、活気に満ちていた。毎朝マンションの隣の小学校のグラウンドを八周も走り、料理の本をめくりながら毎日違う料理を作って食べた。九時間ぶっ通しで作業をしても疲れない体力があった。

頭にけがをしたわけじゃないだろう？　いったい、どうしちゃったんだよ。自分がどんなにおかしくなってしまったか、わかってるかい？

いつだったか夫が私を怒鳴りつけたとき、彼の声はまるで水の外から聞こえる音のように屈折して私の頭にぶつかってきた。私の体は水槽の中にあるかのようだった。私を包んでいる水と、水が入った巨大なガラスの壁の外に彼が立っているようだった。彼の手が私の肩を揺さぶり、手荒ではなかったが壁に押しつけたとき、私は抵抗できなかった。彼はとても怒っているんだな、苦しんでいるんだなとふいに気づいただけだ。

5

そのように茫然とした状態で、私は作業台の上に置かれた一枚の板を眺めている。実は、眺めていたということに気づくのはしばらく経ったあとだ。

私は顔を上げる。椅子の背当てに上体をもたせかける。窓の外のうっそうとしたプラタナスのまん中の部分だけが見える。天井が低いこの七坪の空間には小さな窓が一つあり、四方の壁にはぐるりと絵が重ねて立てかけてある。入り口の方の隅には古い板が天井まで積んである。

ここに来るまでに二年あまりの時間がかかった。あの早春の日、清明な空気をかき分けて力いっぱい川沿いを走っていた夜明け以来。地下鉄とバスを乗りついでとうとう着いたここに、特に変わったところはない。小さなテナントビルは相変わらず汚く、人通りも少なかった。

光の入らない階段をゆっくり上り、錠に鍵を差し込んだ。右手首に痛みを感じながらドアノブを回した。開いたドアの中に広がっていた光景は、私の記憶にあるアトリエではなかった。すべてが元のままだったが、すべてが違っていた。

埃がたまり、蜘蛛の巣が少し張っている、密閉された暑い空気が澱むこの空間に、私はゆっくり歩いて入っていった。作業台の前の三脚椅子におそるおそる中腰で腰かけた。二年前、事故の前夜に私が絵を描きかけていた古い板を見た。置いたときそのままに、板は斜めになっている。すぐに戻ると思っていたから、テーブルの上には絵の具のチューブがたくさん散乱していた。

ふしぎなことに、私は紙よりも木という素材に魅了されていた。何と言ったらいいのか、その中に生命がこもっているようで。人間よりも古い霊魂、古い息遣いのようなもの——その名状しがたい感覚を可視化したかった。私は自分の絵を、あたかもほかの誰かが何百年も前に描いたもののように見せることに最大の注意を払っていた。歳月に洗われて褪せたような色を塗り、大豆と松の実の黄色っぽい油を染み込ませた。

作業台の上の板にそんな手法で描かれているのは、ある女の横顔だ。若いのだが、決して若くは見えない女。髪を後ろで束ねて上げているうえ、顔の線がぼんやりとにじんでいるので、まるで前世紀から老いてきたように見える女。数えきれないほどくり返し、形を変えて描いてきた女の顔だ。みんなは私に聞いたものだ。

これは誰？　お母さんのイメージ？　または自分の内面ですか？

私とは似ていない女の顔を私は描いてきた。母ではもちろんなく、私が知っている誰とも似ていない女。永遠の女。女性以上の女性。歳月の裏側で老いていく人。そうだ、永遠の人。幽霊のようにゆらめきながらそこにいる人。痕跡の人。影の人。または、古い家の板敷きの床に染み込んだ、先祖代々の生涯の痕跡……

しかし今、私は気づいている。この女の何かが私と似ているということを。過去の中の私が私を待っていた。この女は二年前の私の渇望だった。時間の裏側に入っていきたかった私。古い板敷きの床の中へそっと染み込んでいきたかった私。ゆっくりと歳月の中へ消えていきたかった、雨雪や野ねずみとともに、風の中で廃屋のように崩落していきたかった私。

窓を開けても室内はとても暑い。額の汗を手のひらで拭きながら私は立ち上がる。壁の方に歩いていく。あるものはビニールに包まれ、あるものは埃をかぶっている作品たちを見回す。松の板を一定の幅に切り、釘打ちをしてつなぎ、やすりをかけ、膠《にかわ》を塗ってある。レンガを細かい粉にして、顔料と混ぜて色を出し、時代色をつけるために大豆油と松の実の油を自分で絞って塗った。肩を痛め、指に傷を作りながら、両手両足でこれらを扱うことができたとき、何日も徹夜で作業に没頭することができたとき私は幸福だった。あの幸福だけが私の持っているすべてだった。

すべてだと信じていたものを失っても生きてはいける。二年間、私は絵を描く人間ではなかった。患者。一人の男性のお荷物。ときに右手が悪化すれば、自分が使ったコップ一個を棚に伏せて置くことすらできない、徹底して役に立たない存在。

私は絵に背を向け、女の横顔を描きかけの板の前に戻って座った。この顔のイメージを私はなぜ愛したのだろう。まるで宗教にすがる人のように、私は真実、この絵にしがみついていた。こんなふうに静かに、私は沈潜したかったのか。

私はもうこんなものが好きではない。果たして右手が治るのか、また制作ができるかどうかさえはっきりわからないが、もう一度描くとしたらこんな静けさなど描かない、そんなことより私は泣き叫びたい。髪を振り乱し、足を踏み鳴らしたい。歯を食いしばり、動脈がちぎれたときにそこからほとばしる血を見たい。この絵の驚くべき静けさ、想像も及ばない歳月の重なりが停滞して醸し出す安らかさが、私に吐き気を催させる。この平和は私のものではない。私はもう違う人間になったのだ。むしろ死のような空虚、荒地の惨酷さ——その方が私にとっては真実のように感じられる。

ゆっくりと、しかし断固として右手を伸ばして、私はその古い板を裏返す。

6

不動産屋はテナントビルの右端にある。ぱーっと開け放たれたドアの中に入ると、体全体がラグビーボールの形をした中年男性が扇風機の前で両腕を広げている。私の気配に気づいて、男性は太い首をこちらへ向ける。

……ちょっとお尋ねしたいことがあって来ました。

おかけなさい、と彼はてきぱきと大声で叫ぶように言う。べたべたする人造皮革のソファーの一方に、私は斜めに腰かける。

私のお借りしていた部屋を大家さんが賃貸に出されたそうですが、見に来た方がいらっしゃいますか？

私は男性に、アトリエが何階の何号室かを告げる。シャツの上の方が汗で完全にびしょびしょになっている彼が、プラスチックの扇子を広げて私の向かいに座る。たいへんな暑がりだ。

三伏（陰陽五行説に基づき、夏の最も暑い時期を指す）ですから、昼間はアリ一匹来ませんよ。こんな調子じゃねえ、食っていくのも一苦労。

男性は黒い表紙の帳簿を広げて探す真似をしてから、すぐにそれを閉じてしまう。

実は私……

ためらったが、私は言う。

実は、出たくないんです。

男性はめがねをずり上げながらまばたきする。汗でつるつるして見える小鼻の上に、銀縁めがねがやっとのことで収まっている。

そうですか？　契約満了はいつでしたっけ？

十月末ごろです。大家さんが保証金を値上げしたいと言ってきて、夫がすぐに出るってお返事したらしいんですが……私は、十月までは使いたいんです。

男性は私に正確な保証金の金額を尋ね、頭の中で何かを計算してみてから答える。

大家さんともう一度相談してみるしかないね。これまでも保証金を少しずつ値上げしてきたんだけど、この大家さんは冷たい人でね。普通なら、再契約のときには相場より少し安くしてあげるもんなのに。

職業的なゆったりした笑みを含んだ彼の顔に向かって、私は半笑いを浮かべる。

だけど、あんな風通しの悪い部屋のどこがいいんです？　このビルじゃなくて、もっと安いところを探してあげようか？

私がそうしてくれと言うと、男性は快く黒い表紙の帳簿を広げた。私の名前と家の電話番号を書きとめている。

多くはないけど、たまには物件が出ることがあるから、気長に待ってごらんなさい。

私は蒸し風呂のような不動産屋から出てくる。外ではちょうど風がやみ、室内と同じくらいの熱気が鼻をふさぐ。手で陽射しをさえぎりながら私はゆっくりと歩いていく。アトリエに通じる、暗くて暑苦しい階段に入った瞬間、立ち止まる。

イワシの群れのせいだ。

夢でもなければ現《うつつ》でもない。寝入りばなだけに見る現象でもない。しばらく目を閉じて開けた瞬間、両の目がくらむような光のかたまりが顔におおいかぶさってきた。無数の銀色の点々が渦巻いて通り過ぎていく。朝、目を覚まして、昨夜までの自分の状況がそのままそこにあること、くり返しだということを確認するとき、だからあえてすぐに起きて動きだしたくないとき、ぼうっとしていた目の前をそれが通り過ぎたりする。目に、髪に、体に襲いかかる。ずっと昔の夏に一瞬見たイワシの群れが、信じられないほどの生々しさで。

暑くなりはじめたころから、それが予告なく、昼夜を分かたず襲いかかってくることがなかったら、私が二年ぶりにここに帰ってくることもなかっただろう。何かに執拗に追われるように服を引っ張り出して着て家を出て、地下鉄とバスを乗りついで、あの埃だらけのアトリエを見に来ることはなかっただろう。

私は目を見開いて、踊り場のじめじめしたトイレのドアをにらみつける。もう一度、一歩踏み出す。

私の小さな足音とともにイワシの群れの残像がぼやけていくのを、意識の闇の裏側にすっかり消えていくのを見守る。

7

この春、ある夜、夫が私に言った。

普通はさ……まあ、経験もしていない人間が言うことじゃないだろうけど、そんな体験をしたら感謝するもんなんじゃないか。死の淵まで行ってきた人間なら誰でも、新しく生まれ変わったと思って、生を賛美するんじゃないか？　それが成熟した人間の態度なんじゃないの？

そのとき私は彼に説明できなかった。私の体があの転覆した車の中で満身創痍になったとき、何かが私の中から飛び出していってしまったことを。いや、逆に、私という存在が何かから飛び出してしまったということを。

以前は絵を描きながら、自分は生から自由だと感じていたが、むしろあのときの私は生のまっただ中にいたのだと、事故のあとで私は初めて悟った。

私が千九百何年生まれだとか、どこの都市で生まれたとか、父母が誰で、どんな幼年時代を過ごし、あれやこれやの心的外傷を経て成長したといったこと——いわば私の過去のすべてが一つの抜け殻になっていた。それまで私は客席に座って、舞台にかけられた一編の芝居にしばし没頭していたのに、急に劇場に明かりがついてしまったのだ。

一度明かりがついてしまったら、前に戻ることは不可能だ。私はふしぎな川を――それまで一度も渡ったことのない川を――渡ったのだ。その芝居の中で泣き、笑い、気を揉んでいた私はもはや私ではなかった。以前憎かったものをもう憎むことができず、それよりも悪かったのは、以前愛していた人たちをもう愛せなくなっていたことだ。夫も、兄弟姉妹も、さらに母さえも。

瞬間瞬間、生と自分のあいだにできてしまった距離を私は感じた。初めて経験するすきまだった。切なく揺れ動く感情、愛情、哀れみなど……幻想や主観性、いわゆる情と呼ばれるものを必要とするすべての感情が蒸発した。例えば、母を見るとその女性の客観的な実態が見えた。たとえ彼女が死んだとしても、私はあまり悲しみそうになかった。私はもう、彼女の子だという気すらしなかった。私は初めて、この生においてほんものの孤児になった。

たぶん怖かったのかもしれない。しかし怖いとさえ思わなかった。

入院二か月めに入ったとき、もともと忍耐力に欠ける女性だった母は、ときどきいらいらするようになった。ついに「お金を出してあげるから、付き添いさんを雇いなさい。私、ほんとに病院に向かない体質らしい」と言って出ていった、厚化粧の母。事故前だったら私は捨てられた子のような気持ちになり、彼女を恋しがっただろう。またはむしろ、そんな母の正直さや、さばさばしたところを羨んだかもしれない。それが三十年間一貫した私の性格だった。

しかしあの二か月間、明るい照明の下であらわになった母の性根を私はまざまざと見た。軽率さ、虚栄、思いやりのなさ、エゴイズム。三十年というもの彼女を誤解したまま生きてきたことに、私は気づいた。といって幻滅だけを感じたのではない。私の感情の反応はむしろ、色褪せた憐憫に近かった。まるですべての人間的な感情が私の体から抜け出し、憐憫というじょうごを伝って体外に流失して戻ってこないような、苦々しい経験だった。

すべてのものがあまりにも鮮明に、その裏側まで透けて見えたけれど、それが何を意味することもなかった。病室と廊下の照度、ガラスのコップに刻まれた斜線の角度、知らない人の顔のしわの一本一本、唇や目の微細な動き、声の強弱と震え、そこに隠された感情の流れと停止、むかむかするような匂いであれいい香りであれ、かすかな匂いや感触がそのまま私の中に刻みつけられたが、空中に書いた文字のように、たちまち跡形もなく消え去った。私の思い、私の感覚というものがわからなくなっていたから。甚しくは私が私を——私というものの境界や領域すら実感することができなかったから。

付き添いを雇う余裕はなかったので、私はほとんどの時間を一人で過ごした。四人部屋の隣のベッドでは、しょっちゅう主《あるじ》が入れ替わった。隣の患者と顔なじみになるより前に、その人に付き添っている家族に世話にならねばならなかった。トイレに行くために知らない男性の手を借りながら、私は若い女としての羞恥心をすべて捨てた。私の体はすでに私のものではなかった。ベッドに陳列された実験用の肉体のように、私はそこに横たわっていた。回診を受け、一日二回の理学療法を受け、筋肉弛緩のための点滴を受け、きちんきちんと薬を飲んだ。

いつもと同じく忙しかった夫は日曜日だけ病室に来て、私のベッドの枕元に突っ伏して睡眠を補充することで時間のほとんどをつぶして帰っていった。私は寂しくなかった。多くの幻想で成り立っていた自分の人生を振り返り、それが白壁に照らし出されたホログラムのようなものだったという感じを毎時毎分確認しているうちに二か月が過ぎた。腰が癒え、ついに病院を出られることになったとき、私は正午のソウルの街をぎっしり埋めた人々の姿を見た。そのときの私の反応は、非現実感、あんなにたくさんのホログラムが肉体という服を着て闊歩しているという驚異、そして無関心だった。

8

お昼どきが過ぎた。立ち上がって外食に出るか、家に帰るかすべきだが、私は蒸し暑いアトリエの三脚椅子にぼんやりと座っている。おなかがすいているだろうか？　おなかがすいたというより、飢えているという感じだ。私は腰を曲げて立ち上がり、ゆっくりと、作業台の端に置いてある電話機に向かって手を伸ばす。以前よくやっていたように手軽な中国料理の出前でもとろうかと思ってのことだ。しかし受話器を耳に当てるや否や、もうずっと前に電話は使えなくなっていると気づく。私の通帳残高が底をついてかなり経つはずだ。私はまた腰を深々とかがめる。腕を伸ばして、音声の通わない受話器を、もともとの電話機の位置へ置こうとしてから、無理にそんなことをしなくてもよかったのだ、と思う。テーブルの近くに受話器を適当に裏返して置く。

再び椅子に座って、私は自分に問いかける。あと三か月このアトリエを維持するということ、またはもっと安いアトリエに移るということ。それは何を意味するのかと。すべての愛着が消えたと思っていたのに、アトリエへの愛着だけは残っていたことが私を驚かせる。

テーブルの上に自分の両手を載せてみる。それをずっと眺めてみる。外観は問題ないように見える。

皮膚は白く、骨格は繊細だ。指の節々は太い方で、きっちりと短く切った爪はピンク色だ。いくらでも仕事のできそうな手だ。ばりばりと生きて、甲斐甲斐しく動くことができそうだ。

事故のあと目覚めたときには、生き残ったことを不幸中の最大の幸いと思ったし、回復したらいちばんやりたいのは絵を描くことだった。この世のどんな楽しみよりも、それを望む気持ちが切実だった。大好きだと思っていた旅行すら、私にとってはまったくつけたしのようなものだったとそのときわかった。私が本当に絵を描くことをあきらめたのは、退院してからずいぶん経って、右手まで使えなくなったとわかったときだった。

それまで私は、自分なりに元気に暮らそうとして努力していた。見えるもの、聞こえるもの、思い出すもののすべてが私に衝撃的な違和感をもたらしたことは事実だが、生きているという安堵が常に下絵として存在していてくれたことは決して否定できない。朝、隣の患者の家族がカーテンを開けるたびに注ぎ込む陽射し、アルミのお盆に載ってくる一椀の素朴な米の飯さえ感動的に受け止めた瞬間もあった。

これでもう両手ともだめだ、とつぶやいた瞬間を、私はあの早春の交通事故よりもさらに決定的な――さらに恐ろしい――瞬間として思い出す。いきなり芝居に幕をおろされたのに続き、客席からも追放されたに等しかった。驚くべきことはその直後から始まった。かろうじて猶予されていた、激烈で否定的な、最も原初的な感情が押し寄せるようになったのだ。恐怖、後悔、羞恥、憤怒、怨恨、憎悪、悔しさ、悲惨さ、殺意。そして一人だということ。徹底して、当然のことのように、いつまでも一人だということ。

その状態が長く続いた。最悪なのは、そのとき私が退院していたため、大部分の時間を一人でいるか夫とだけ過ごしていたことだ。激烈な感情の高波から、私は徐々に降りていった。人間性のどん底に向かって、恐ろしいスピードで、まっ逆さまに落ちていった。いちばん低い地点、動物のような地点まで降りていったことを覚えている。認知症老人の精神世界はこんなものかなと思うほど、私はときに、食べて排泄して眠るだけの、それこそ本能と無意識によってのみ残っている存在だった。

深夜、眠りから覚めて洗面台の鏡を見ると、多々の動物的な感情が波打つ私の内面がかろうじて一枚の皮膚で縫い合わされているように思えた。信じられなかったのは、子どもっぽくて繊細なその顔が以前に比べて別に変わったように見えなかったことだ。ドリアン・グレイの肖像のように、暗闇の中の倉庫で、私の顔は醜く歪んでいったのか。退行と人知れぬ発狂の痕跡がそのまま刻印されていったのか。

行こう。

私は声を出してつぶやく。椅子の横に置いておいたバッグを右の肩にかける。息詰まるほど静かなアトリエを出る。手首をひねってドアを閉め、暗い階段を降りていく。七月のぎらつく陽射しが待っている戸外へ体を押し出す。

家に行こう。

そう思うと、何か固いかたまりが胸のまん中に感じられる。

そこは私の家ではない。私には家がない。こんな人生は私の人生じゃない。いかなる情緒的な絆も感じることができない。どんな場所、どんな記憶、どんな未来に対しても。

かろうじて陽射しをさえぎってくれる、中くらいの丈の木の下で、私は長いことバスを待つ。私の顔を流れる汗、弱った足がふらつく感覚、垂らした両手――体の小さな感覚一つひとつに集中する。私は生きている。この瞬間、私は生きている。見て、聞いて、息をしている。確かなことはそれだけだ。それだけが私に残った。

9

家に帰る前に、三号棟の出入り口の横に夫の車が停まっているのを見る。月曜日は交通量が多いので、彼は車を置いて行ったのだ。乗用車にはたいがい持ち主の趣味が染みつくものだが、彼の車には個性がない。ちょっとした装飾も、シートカバーやクッションさえない。さっき納車されたばかりの姿で、助手席にはガソリンスタンドでもらったティッシュやウェットティッシュなどが散らばっている。彼がとても大らかな性格だからではない。私が二人の車を原型もとどめないほど壊してしまったので、彼はローンで新車を購入しなければならず、その後今まで、一文の余裕もなく過ごしてきたからだ。

わかっている。この二年間は私にとってだけ特別な体験だったのではない。もしも私の人生がおしまいになったのであれば、彼の人生もおしまいなのだ。一時は完全な他人だった二人の運命が、こんなにもからみあってしまったことがふしぎだ。

夫と初めて会ったのは六年前だった。一年間の恋愛のあと、私たちは結婚した。特に熱烈な関係だったとは思わないが、事故が起きる直前まで二人はお互いを大切にして暮らしていた。優しい言葉を交わし、相手の話に優しく耳を傾けた。大声を出すようなことは多くなかった。特に愛情が深かった時期は別れるのが嫌で、別れる唯一の理由は死だけだから、死ぬことが怖かったりもしたものだ。死んだら二人とも火葬にして、骨粉を混ぜてしまおうなどと話したりもした――冗談混じりで。生まれ変わっても彼に会えないかもしれないと思うと辛かったこともあった。顔も声も全部変わってしまうのに、彼だということをどうやって見分けたらいいのだろうと。

すべての状況には条件がある。私たちの平和は、私の健康を前提としたものだった。条件が変われば状況も変わる。それは自然な過程だ。万一私があの事故で死んでいたら、私たちの優しさは汚されずにすんだのだろうが、私は生き残った。私はうんざりするほど苦しみ、私がうんざりすればするほど彼もうんざりした。私にうんざりしている彼に対して私もうんざりした。互いの顔が嫌になり、暗黙のうちにだんだん、互いの視線を避けるようになった。

その過程にはいかなる不道徳も罪もなかった。当然のことだったというだけだ。私は以前の私ではなかったし、彼もあのときの彼ではなかった。何もかも過ぎ去ってしまっただけ。離れ小島に二人きりで漂着したように、私たちはしだいに互いを窒息させるようになった。そうして、二度と渡れない川を作っていった。互いへの配慮、相手のためになりたいという気持ち、友情、仲間意識などは川の向こうに残された。もとは完全な他人だったということ――その明瞭な一点の事実だけがこちら岸に残った。

そのころから私はさらに水中深く潜っていった。耳にぼんやりと響く彼の声を聞きながら、水槽の外の屈折した世の中を眺めた。君の顔を見てるとこっちがおかしくなりそうだ。何なんだよ、俺は辛くないと思ってるのか？　何の罪でこんな目に遭わなきゃいけないんだ？

わかるでしょ。私には手がないのよ。前は私の方があなたを愛してたと思うけど。肩も揉んであげたし、足や脇の下をくすぐって笑わせてあげてたけど。そうすればちょっと仲違いしてもすぐに元に戻ったけど。好物の豆もやしごはんを一緒に作って食べ、うん、たれがすごく美味しいねってあなたが言えばそれでおしまいだったけど。どちらからともなく手を差し伸べて、夜遅くまで愛し合えばそれでおしまいだったけど。

彼が帰ってこない夜、右手が悪化してやかんでお湯を沸かして飲むこともできないので、水道の蛇口に口をつけて水をごくごく飲んだ夜には、ぼんやりとリビングの床に座ってテレビを見た。ワイドショーと歌番組、たくさんのドラマとニュースを見た。飽きもせず届くホームショッピングのカタログを、まるで宿題を片づける子どものように、最後のページまで一文字も飛ばさずに読んだ。

宗教を持つことができていたなら、よかったのだろう。誰かが私に宗教的な態度で接してきたら、すがっていたかもしれない。偽善でもいいから、誰か私を愛してくれていたら。あんなに壊れてしまった私を愛するふりでもしてくれていたら。だが、人生を形作るいかなる行為も感情もただの幻想になってしまったそのとき、私にはどんな可能性も実在しなかった。

何かが間違っているという感じ、三十年の人生が間違いだったという――偽りの生活だったという感じだけが強烈な真実として私に触れてくるのだが、だからといってこれからどう生きていけばいいのか、私には何もわからなかった。いや、果たして生きつづけたいのかということすら、はっきりわからなかった。

どう生きたいのか、どんな変化を望んでいるのか。いったい何をしたいというのか、私は。この、打ち砕かれた両手で。

10

電話が二度鳴るより早く、私は受話器を取る。もう一時間も電話機を見おろしながら、リビングのソファーに座っている。家に帰るとすぐに私はアトリエの大家に電話してずっと待っていたが、大家の携帯にはつながらなかった。発信者番号を見て電話してくるだろうと思い、シャワーも浴びず手も洗わず、背中と脇の下にびっしょりかいた汗が冷えるまで私は待った。ついに電話を待っていることすら忘れたころ、電話が鳴った。

もしもし。

あのー、ヒョニョン……

電話をしてきたのは大家ではなかった。若い女性の声に、聞き覚えがあった。

ヒョニョンでしょ?

誰の声か思い出すために、私は沈黙する。幸い、相手は「私よ私、ほんとに誰だかわからない?」という、困惑させられるテストを始めはしない。

私よ、ソジンよ。

私の体から静かに緊張が解ける。

……ああ、ソジン。

あなたの声、知らない人みたいに聞こえてまごまごしちゃった。ああもう、何年ぶりだっけ。

しばらく当惑してしまい、長らく忘れていた親密さの表し方を手探りしてから私はご無沙汰の挨拶で返事を返した。ほんとに久しぶりだね、元気だった？　私からも電話すればよかったのにね、と。

上の子が六歳、二人めが十八か月なの。二人めを妊娠したときに学校は辞めたんだ。男の子二人育てるの、ほんと大変で、しばらく前に引っ越したのね、実家のそばに。前、学校に勤めてたときはお義母さんに上の子見てもらってたんだけど、今はお義母さんの体の具合がよくなくて。

いつもそうだったように、ソジンの態度は優しかった。いつも変わらぬその温かさと誠実さを、私は彼女の言葉遣いや声だけで思い出した。

……そうだったんだ。

何と答えるべきか言葉が見つからなくて、私ははっきりしない答えを返した。

あなた、子どもいるの？

うん、まあ、そのうちに。

そう、相変わらずだねえ。結婚してかなりになるでしょ。じゃ、絵だけ描いてるのね？

やはり答えようがなくて、私はまた黙った。

それはそうと、あなたに電話したのはね。

ソジンはちょっと言葉に間《ま》を置いた。

あのね、うちの近所の写真館にあなたの写真があるのよ。

彼女の言葉がすぐには飲み込めなくて、私はじっと耳をすました。

引っ越してきて初めて現像を頼みに行ったらね、写真館の壁にあなたの写真がかかってたのよ。もう、びっくりしちゃって嬉しくてさ。二人めの子が風邪ひいて何日か大変だったからすぐに連絡できなかったんだけど、今日思い出して電話してみたんだ。引っ越したかと思ってどきどきしてたけど、電話番号も変わってなくて、よかったわ。

ソジンの人なつこい声だけが耳を通って頭の中にそのまま流れ込んでくるが、内容がよく理解できない。

私の……写真？

私はたどたどしくくり返す。

うん、どこか山で撮ったみたいよ。あなた、このへんに住んだことあったっけ、舊基洞《クギドン》なんだけど。

……ないよ。

じゃあ、誰かこっちに住んでる人、知らない？　あなたと一緒に山に行った人が現像を頼んだんじゃないかな？

写真だなんて、いきなり。舊基洞だなんて。山だなんて。彼女が並べたすべての言葉が非現実的に感じられる。何らかの真空状態のような混沌を感じながら、私はやっとのことで考えの筋道をたどり、彼女に聞く。

それ、いつごろの写真に見えた？

そうね、あなたいっとき、長いポニーテールにしてたことあったじゃない。まだほっぺたがぽっちゃりしてたから、大学卒業のころかなあ？

私にはまったく思い当たる節がない。

気になるならこっちにおいでよ。この機会に顔も見たいし。ね？

私はソジンの丸顔を思い浮かべた。両頰ににきびの痕が目立ち、笑うと目が糸のように細くなる。良い絵を描いていたが、意外に早かった結婚と教員生活を両立させるために絵筆を置いた彼女だった。まだ子どもが一人で、美術教師をやっていたころに会ったのが最後だった。

彼女の新しい電話番号を聞き取ってメモしたあと、私は受話器をおろした。まだ私に親切な人がいるという事実がふしぎなことに感じられる。以前の私をまだ覚えていて、あのころの習慣のままに私に言葉をかけてくれる人が、いる。

私はソファーにもたれて、体のどこかで呼び覚まされたなじみのない感覚にじっと集中してみた。温かさ、嬉しさ、喜び——それら一連の感情を生み出す微細な種子のようなものに、私は少し驚く。しばらくして驚きが消えると、腰を丸めてソファーに横になる。ソジンの電話に出る前より強い疲労が、押し寄せてくる。

11

事故と長い回復期を経て、私はかなりの量の記憶を失った。記憶喪失などではなかったが、よく知っていたものごとや人の名前、単語などを忘れ、会話を長く続けられないことがよくあった。そこから見て、なくしてしまった事件の記憶もたくさんあるのだろうと推測される。なくしてしまったということすらわからないほど完全に忘れてしまったささいな記憶——その中に、その写真に関する記憶も入っているのだろうか。道で偶然にすれ違った見知らぬ女性が嬉しそうに私を呼びとめ、高校の同級生だと名乗るときのようなとまどいを私は感じる。

今日はひどく手を使う日だ。バッグを全部捜しても無駄だとわかったので、寝室のドレッサーの引き出しを捜している。結婚するときにもらったいくらかの装身具、壊れても捨てられなかったヘアピンや故障したヘアドライヤーなどを次々に見つけたが、時計と財布はない。事故の日の朝、確かに私は時計も財布も持っていかなかった。前夜に仕上げられなかった部分だけ作業したら、すぐ帰るつもりだった。時計はどこ、財布は、と捜し回る暇も惜しんで、夜じゅうずっと夢に出てきたイメージに私は没入していた。

ずっと前、インド旅行から帰ってきた先輩がお土産にくれた、むら染めの革の長財布がありありと目に浮かぶ。ソジンが電話で言っていた写真を自分の目で確認するのを兼ねて、明日かあさってにでも彼女の家に行こうと決心したので、あの財布を捜さなくてはという思いがさらに強まった。

私は急に手を止める。あの財布や時計がないからといって、外出できないわけではない。今日だってポケットにお札を二枚入れただけで出かけ、アトリエまで行ってきたのだもの。こんなに手に負担をかけてまであれにこだわる必要はない。またもや私の行動パターン——盲目的で、熱中すると前後をわきまえない——が突出しているのだ。それに気づいて私はドレッサーの前にしゃがみ込んでしまった。何てばかなんだろう。あんなことをすっかり経験したのに、いまだに自分をコントロールできない。

夫の部屋のクローゼットのことを思い出したのは、このへんで終わりにしようと立ち上がってキッチンの方へ一歩踏み出したときだった。ちょっとためらったが、私は結局夫の部屋に入ってしまう。六十センチ幅に設計した小さな作りつけのクローゼットを開けると中はまっ暗で、がらくたがたくさん詰まっている。意外にも、そこには私の服がある。適当にくるくると丸められた、洗濯もしていないカーディガンやコットンパンツなどだ。事故直前に着ていた春秋ものの普段着だ、と私は思い出す。私の入院中、部屋に散らかっていた私の服を誰かがここに突っ込んで、取り出すのを忘れたらしい。夫がやったのだろう。急にお客が来たのかもしれない。

服を引っ張り出すと、その下から黒い布のバッグが出てくる。完全に忘れていた記憶が、そのときになって深い井戸の底から湧き上がってくる。事故の二日ぐらい前、私は都心に出かけた。平倉洞《ピョンチャンドン》の美術館で偶然に恩師に会ってお茶を飲んだ。話をしているときに手首の時計が邪魔に思えて、いつもの癖で時計をはずしてバッグのどこかに入れたのだ。

採光が悪いので、私は立ち上がって部屋の電気をつける。バッグのファスナーを開けると、ポケットティッシュの下に財布が見える。使い古されて手ずれのしたそれを取り上げてみる。財布を開けると、二年前まで使っていたクレジットカード二枚とバスのカード、小銭と五枚ほどのお札がそこにある。

次はバッグの内ポケットを手探りしてみる。ふくらみ方から推測して、時計が入っているのだろうとわかる。それを取り出して手のひらに載せてみる。夫と一緒に南大門市場で選んだ、それなりの値段で素朴なデザインの結婚記念の時計だ。それは意外にも、止まっていない。二本の針が午後五時を指し、静かに秒針が回転している。二年という時間のあいだ、暗いクローゼットの中のまっ暗なバッグの中で、時計の針は休まずに回っていた。

私はバッグを逆さにして、残りのものを全部吐き出させる。ひび割れのできやすい唇に塗っていたリップクリーム、携帯用のマウスウォッシュが床に転がる。小さな白い紙切れが一枚、ひらひらと裏返って床に落ちる。私はそれを拾い、あの日行った展覧会のチケットであることを知る。

12

見つけた。

何を?

時計。それと、財布も。

右手に匙を持ち、左手で新聞をめくっていた夫が動作を止める。

行くつもりなの?　アトリエに?

アトリエは、昨日、行ってた。

彼の目と私の目が空中でぶつかる。そらしたい。だがそらさずに、私は彼の目に表れた感情を読む。読みたくないが読む。彼の背後にでんと控えた食器洗い機の方へ、私は視線を移す。手を使わなくていいように、彼の力をできるだけ借りなくてすむようにと買ったものだ。小さな器は食器洗い機で洗い、アイロンはクリーニング店に任せ、雑巾はたくさん用意して洗濯機で洗い、キムチや常備菜は店から配達してもらった。それでも夫に残された仕事はたくさんある。掃除機をかけ、床を拭き、炊飯器やフライパン、大鍋などを洗い、水タンク（大型のミネラルウォーターのタンク）からやかんに水を移し、炊飯器に水を入れてごはんをセットし、開かないビンのふたを開け、布団を干して叩くことまで。日常の小さな義務に夫は疲れていった。自分なしでは回らない家事に、自分なしでは生きていけない女に、希望の確約のない犠牲に疲れていった。

それなのにアトリエは手放さないっていうのか？　俺にこんな荷物を背負わせておいて、絵を描く欲だけは残ってるのか――と、冷ややかな彼の目が私にそう言っていた。

で、どうすることになったんだ？

彼の冷たい質問に、私はためらいながら答える。

どっちにしろ三か月後には契約満了だから、それまではいさせてほしいって頼んだの。

大家に話したのか？

昨日の夜遅く、電話が通じた。

夫は音を立てて匙を置いた。

もう医療費はかからないから、ちょっとは余裕ができたわけでしょ。アトリエの保証金がなくてもすぐに困るわけじゃないし。いつでも、お金が必要になったら大家に返すわ。だから、当分のあいだは。

わかったからもうやめてくれ。

彼が勢いよく新聞をたたみながら立ち上がった弾みで、ちょっと前にバンと音を立てて置いた匙が床に落ちる。ごはん粒と唐辛子の粉がついた匙だ。私はひざまずいて、それを拾って食卓の上に載せる。彼が残したごはんと、私がまだ手をつけていないごはんを炊飯器に戻す。ごはんを食べて生きていかなくてもいいのなら、こんなもの全部なくてもいいのに。皿のおかずを容器に入れ、汚れた皿、鉢、茶碗などを流水でゆすいでから食器洗い機に入れ、いくつかの食器にはラップをかけておく。ガスの元栓を締めたとき、玄関のドアをバーンと閉める音が聞こえる。

あの人はこんな人ではなかった。基本的に繊細で優しい人だった。だが、すり減った。タイヤがすり減るように、あれやこれやを体で受け止めつづけるうちに。彼と私だけがそうなのではないだろう。誰もがそのようにして少しずつ、すり減っているとは意識しないままに少しずつすり減り、車輪が滑りやすくなっていく。滑って、滑って、ある朝突然ブレーキがきかなくなる。

13

退院してから一か月ほど経ったころ、夫と一緒に食事をしに近くの学生街に出かけたことがある。休日のランチタイムだった。ピンクのノースリーブのワンピースを着た女性が、白い腕をむき出しにして前を歩いていた。とりたてて誘惑的なところはない、しかし新鮮な美しさをたたえた体だった。いや、新鮮というよりそれはひとえに、あまりに平凡な若い活力、生きて動く健康な人間が放つありふれた活気だった。

夫の寂しそうな視線がずっと彼女に注がれているのを私は見た。そのとき私はまだ健康が戻っておらず、長袖のジャンパーを羽織っていた。色褪せた、だぶだぶの、すぐにずり落ちるジーンズにスニーカーをはいていた。ぼさぼさに伸びた髪の毛は黒いゴムでぎゅっと縛っていた。そのとき私は化粧品や香水をまったく使っておらず、髪の毛も石鹼で洗っていた。実用性以外のいかなる価値も存在しなかった。色を合わせて服を着ることは想像もできなかった。だが、身なりのことすべてをさしおいても、土気色をした私の顔がまず、私たちの特殊な状況を人々に暴露していたのだろう。

あのときもうわかっていたのだ。私は愛されにくい人間だった。だからといって、たえず湧き出る愛情の泉を持ち、それを他者に分け与えてやれる人間でもなかった。一時期の私が少しであれそんな水をたたえていたとしても、今では乾いた地面が残っているだけだ。

知っている。そこに私の責任があるということ。いや、それがすべてだということ。事故に遭ったのは不運だったが、その後の私の感情、私の行動はすべて私が選んだものだということを。生と私のあいだにすきまができたとき、歯茎から歯が浮いたように何も嚙めなくなって苦しんだとき、私はむしろ自由な人間になることもできた。すべてを超越することもできた。ひょっとしたらそれは良いチャンスだったのだ。夫の言う通り、大きな愛情と感謝、喜びを発見できたかもしれない。

しかし私にはできなかった。無理にそうすることは、できなかった。自分を曲げて大笑いできなかったのと同様、無理やり愛することはできなかった。私がやったのはむしろ、すべての愛を失い、再び求めようとしないことだった。抱きしめていた荷を水の流れに押しやってなくしてしまうように、実にやすやすと。

私はそんな自分を責めているのではない。目に見えるままの真実が示す道を行くしかないのだ。どこまで行けるか見届けるのだ。目を開けて――たとえこのあとで振り返ったら目を閉じていたとわかったとしても――目を開けて進むしかない。

他の道はない。自己欺瞞はもう通用しない。偽りのない希望でなければ意味がない。どんな手管も私は受け入れない。今まで一度も持ったことのない透明さが私に生まれたのだから。以前はこんなにじっくりと自分を見つめることはできなかった。今はまるで私が一匹のワカサギになったように、骨の一本一本まで見える。何に関してであれ、自分を欺くことはできない。

14

ほんとに来る？　いつ？

ソジンの声がにわかに驚きを帯び、私を歓迎してくれる。

今日行っても大丈夫？

いいよ。何時ごろ？

午後、三時か四時に着くわ。

よかった。四時なら二人めの子も昼寝から目が覚めてる時間だから。

私は彼女の家までの行き方を詳しく尋ねる。電話を切ってメモ用紙と財布をバッグに入れる。腕時計も一緒に入れる。しばらくためらってから、机の上に置かれた二年前の展覧会のチケットをつまみ上げる。

在日韓国人一世の画家、Qの遺作展だった。彼女は九十三歳で死んだが、死の直前まで絵筆を手放さなかった。若いころ三度の結婚と離婚を経験し、二人の子を産んで育てた彼女は、鉄とアルミニウム、ひびの入ったガラスをキャンバスの代わりとし、その上に絶叫する女の体を描いた連作で注目を集めはじめた。材料、フォルム、色彩への大胆な探求を経て、彼女の制作技法は六十歳前後から急旋回し、日本の和紙に水彩絵の具で無数の色の点々を捺していくことで非具象画を制作した。彼女に国際的な名声をもたらしたのは、それらの点である。美術館で偶然に会った恩師は、一緒にお茶を飲みながらこう言った。あの人、生前、日本にいたでしょ。会えそうだったんだけど会えなかった。どうしてもアトリエに行ってみたかったんだけど。ほんとに、ものすごいご婦人だよね？

図録の表紙にQの白黒のポートレート写真が印刷されていたのを思い出す。まっ白になった髪、くしゃくしゃの、しわだらけの顔、小さくなった目、歯のない口、小さく縮こまった老軀で、彼女は筆を持って画布の前に立っていた。それを見たとき私は自分に問いかけた。もし私が長生きしたら、死ぬ直前まであんなふうに絵を描くことができるかと。私は迷わず、できると答えた。絵以外には何も持ったことがなく、持とうとしたこともない人間の盲目さと自負心によって。今思えばあれは驕りというものだった。愛している仕事を死ぬまでやれるだろうと信じた驕り。人生において大切なものが何も変化しないだろうと思った驕り。

Qの図録がありそうなところを捜してみたが、なかった。ということは、アトリエにあるのだろう。まだ午前中だから、ソジンの家に行くまで時間は十分にある。スニーカーのかかとを踏んでつっかけ、私は沈黙に沈む家を出た。

15

バスの遮光ガラスの窓の外を、よく茂ったプラタナスの木々が通り過ぎていく。アトリエまで近道で行こうとすれば、街はずれの野原を通っていくことになるが、バスの路線は開発が最大限進んだ地域だけをつないでいる。大きな看板の下を、日傘をさし、ハンカチで汗を拭きながら歩いていく人々の姿を私は眺める。

リュックを背負ってバスに乗り込んでくる人が見える。しっかりした顔立ちの若い女性だ。旅行に行くんだな、と私は思う。このバスの終点は市外バスターミナルだ。

一時期私は旅行が好きだった。生きているということをいちばんありありと実感できるのは、移動しているときだった。どんな場所にも、人にも、習慣にも影響を受けない自分の自由さと推進力を愛していた。自由と健康とインスピレーション――それらが相互に弾みをつけながら、私の生活を力強く牽引していた。

まさにそのような力が今、あの女性を導いているのだろう。自分だけにわかる守護神を持った人のように、彼女には恐れるものがないのだろう。彼女が後ろの方の席に座るために私の横を通り過ぎるとき、私は窓の方へ顔をそむける。

バスがトンネルの中に入ると、窓に映った私の顔が見える。前髪に現れた何本かの白髪が目につく。事故のあとで急に増えたのだ。明るいところで鏡を見ると、肌が老いはじめたことに気づく。二年という時間のあいだにいかに多くのものが変化しうるかを見ても、私はもう驚かない。短いトンネルが終わり、八月の強烈な陽射しが私の顔に染みついた闇を揮発させる。

目を閉じた瞬間、急に鳥肌が立つ。折りたたまれていた記憶の一角がぱっと広がる。突然、その写真がどういうものだったか、わかるような気がしてくる。

16

作業台の横に置いたカラーボックスからすぐに捜し出すことができたQの遺作展の図録を開く。韓紙に捺された数百個もの点々はみな似たような澄んだトーンだが、絶妙に、ちょうど絵の裏側から光が漏れてくるような印象を与えていた。暗い色の点の後ろに捺された明るい黄色系統の点のためだ。図録の後ろに載っている、彼女と親交があったという韓国の詩人の文章を私は読んだ。

画面の後ろから光が射してくる。救いの光だ——浮上する——静かな——昇華された涙のような光。それぞれに色の異なる円が重なって、もっと濃い、暗い色になるはずなのに、そこに浮かび上がるのは水を含んだ菜の花のような黄。またときには、それよりさらに強烈な朱。遠くから見たときこの絵は決して威圧的ではないのに、近づくほどに目の錯覚のように明るさを増し、実際に飛び出してくるように広がり、目と魂を揺り動かす黄色い光のしずくたち。

何が彼女にこの光を内側から見せ、それを再び私に見せているのだろう。光の指紋のようなこの点を捺し、愛し、触れ、吸い込み、眺めながら、彼女はそこに自分の魂を吹き込み、私もまたそこに自分の魂をおろすのだろうか？

その下に書きなぐられた、私の筆跡の、だがまったく記憶にない短いメモが目につく。胸に来る生の　宇宙の光。果てしなく深い　明るい　軽い　光が　水のよう。

図録の前の方に戻り、また一ページずつめくっていく。小さな図版だが、眠っていた記憶を呼び覚ますには十分だ。あのとき私が巨大な――美術館の壁一面を占めている――絵から感じた衝撃が静かに蘇ってくるのを感じる。

どれだけ時間が流れたかもわからないまま、私は絵を見ている。ふと思う。こういうのなら私にもできるかもしれない。一日に十個ずつ韓紙に点を捺すだけなら。晩年のマチスみたいに鋏《はさみ》で色紙を切り抜くよりも、こっちの方が手に負担がかからなそうだ。

私は自分に問いかける。今、これみたいなことがやりたいかと。

やりたくない、と私は答える。

この世界は、この感動的な世界は私には強引すぎる。私はこんなふうに、無理やり乗り越えることはできない。こんなふうには美しくなれない。声を殺し、唇を噛み、自分が泣いていることに気づく。

私は、描けない。

記憶に残っている限りごく幼いころから、私の存在のほとんどを占めていたのは絵だった。絵を描く人間以外のどんな人にも、なりたかったことはない。私はもともと意気地のない、混乱しがちで、意志力に欠ける未熟な人間だったが、絵がすべてに打ち勝って私を導いてくれた。万能薬のように、絵がすべての人間的弱点への処方となって私を救ってくれた。嘘、怠惰、エゴイズム、卑屈さ、浅薄さから私を引き上げてくれた。だからそれをあきらめたとき私はすぐさま低いところへ、最も動物的な地点へと降りていったのだ。食べて排泄して眠る、本能だけで生きる存在になったのだ。

絵なくして存在のバランスを保つことがどんなに難しいか、以前の私はついぞ知らなかった。私のすべてのエネルギーは絵のために人生から留保され、蓄えられたものだ。ただ絵を描く作業のためにのみ、すべてが猶予された状態、それが私の自然体だった。言い換えれば、私は生きたことがない。生き方を知らない。

こんなにからっぽだなんて。私が過ごしてきたすべての時間が、完璧に、そっくりそのまま空洞だったなんて。がらんとした暗い部屋をのぞき込んでいるようだ。

17

自分がそんなに長く泣いていたとは思わなかった。立ち上がったときもうアトリエは薄暗くなっており、顔が腫れ、極度に力が抜けてしまったのを感じた。開いていた図録の中のQの光の点々が、私の涙ででこぼこにふくらんでいた。

あわてて電話機を見る。何日か前、私が引っ張ってきて置いたまま、受話器はテーブルの端に伏せてある。私はバッグを持って立ち上がる。暗い階段を踏みしめて降りていく心は重い。できるだけ、無責任な人間にはなりたくない。私は一度もそんなふうに生きたことはない。私はテナントビルの中のスーパーの公衆電話を探し出す。ソジン、ごめんね、今日行けそうにないんだ。そうなの？ ずいぶん待ったのに。早く電話してくれればよかったのに。ごめん、明日行くわ。それでもいい？

ソジンの失望した声が冷ややかだ。もう、冷たさはこりごりだ。冷ややかな失望、隠された怒り。彼女が仕方なく承諾してくれたのを聞いて電話を切り、私は夏の夜の熱気の名残の中へ歩み出ていく。考えてみたらアトリエのドアに鍵をかけてこなかったが、戻ることは考えない。

泣いたあとはむしろさっぱりする。体の中にあったすべての水気が抜け出したようだ。私はバス停へと歩いていく。家へ行く。食べ、眠るために行く。

18

暗いけれども、ものを識別できないほどではない。悲鳴を上げたと思ったが、ちょっとうめき声を出しただけらしい。ベッドの下を見おろしてみると、夫がかすかにいびきをかきながら寝ている。ずっと前から二人はこうやって別々に、安らかに寝ている。

夢はくり返される二つのパターンのどちらかだ。霧がたちこめた夜明けの道を走っていくと、自動車の前に黒い犬が飛び込んでくる。私は力いっぱいハンドルを切って急回転してしまう。そうじゃない、ブレーキを踏まなきゃいけないのに。車もろとも小川にまっ逆さまに落ちていきながら目を覚ますか、もっと悪いときは血まみれの私の体を空中から見おろすところで目が覚める。もう一つのパターンは、手と関係がある。誰かが私を銃か凶器で脅し、大きなふろしき包みなどを両手に持てと命令する。だめ、と叫ぶことができず私は震えている。それはだめ、自分の手でごはんも持てなくなるかもしれない。右手だけでも治したいの、堪忍して。歯がガチガチぶつかるほどの寒さに目を覚ますと、布団を首までかけているのに全身が冷や汗で濡れている。

ちょっと前に見た夢は後者だった。前者より終わり方が不快な夢だ。私は顔の汗を拭きながら立ち上がる。まっ暗なキッチンへと出ていく。食卓の前の椅子に腰かける。

一日の中でいちばん気温が低い夜明けだ。開いている裏のベランダの窓から風が入ってくる。立てば長い黒髪のような木々の枝が見えるが、食卓の前に座ると、いちばん下の部分の葉の輪郭が見えるだけだ。風が肌寒く、むき出しの腕に鳥肌が立つ。

夕方から集中して思い出そうとしたが、あの写真を撮った人の正確な顔立ちはまだ思い出せなかった。十年前、たった一日、何時間かの記憶しかない人だ。とにかく、完全に思い出すことはできないだろう。人相、着ていた服の色、背中の体温、私の体を支えていた腕の感触、低かった声……それだけだ。いや、それさえもぼんやりして、一部が欠けている。

19

大学を卒業した年の四月だったから、最初のグループ展をやる前で、夫に出会うよりずっと前のことだ。健康で、何にも染まっていなかったころだ。美術予備校のアルバイト以外の時間はすべて一人で絵を描くという生活で、それで何の不足もなかった。男性とのつきあいに不慣れな方だった私は恋愛にも染まっておらず、キス一回したこともない珍しい二十三歳だった。

歩いてすぐに北漢《プッカン》山に登りに行ける水踰里《スユリ》に住んでいたので、私は毎週日曜日の午後は山に登っていた。一人で歩くのが好きだったし、体力もつけたかったからだ。頂上の白雲台《ペグンデ》までの往復時間が二時間四十分になるまで、私は根気よく脚力を鍛えていった。登山靴の紐をきゅっと結んで、一度券売所を通過したら、速度をゆるめることはあっても大東門《テドンムン》までは一度も休まずに登ることができた。

その日の山道は、前日の夜に時ならぬ春雨が降ったためあまり良い状態ではなかった。晴れたので寒さはやわらいだが、そのおかげで溶けた雪に登山靴がずぶずぶ沈むほどぬかるみ、日陰ではまだ溶けていない雪で足が滑った。

グループで登山している人々がときどき目についたが、日曜日としては全体に人出は多くなかった。登っていくうちに、いつのまにか一人の男性と前になり後ろになりながら歩いていることに気づいた。中腹まで来たとき、会社員らしい一群の人々に写真を撮ってくれと頼まれた。私がシャッターを押しているあいだ、その男性はファインダーを横切らないように坂道の後ろの方で待っていた。会社員たちにお礼を言われてカメラを返してあげたとき、その男性と目が合った。

そこからはとても急な傾斜面だった。遅れていた男性は大股で私を追い越していったが、登山に不慣れなのか、ずっと荒い息をしている。私の前を難儀そうに、木の根っこなどをつかみながら登っていた彼が、急に下を見おろしながら一人でふっと笑った。私の視線を意識しているようだった。大東門まで登ると爽やかな風が吹いてきた。このコースで私がいちばん好きな場所だ。券売所を通過してから初めて、私は大東門の上のベンチに腰かけてちょっと休んだ。男性の姿が見えた。大きなプラスチック製のたらいにイオン飲料や缶コーヒーなどを入れて売っている女性から飲みものを二本買っている。男性は私の隣に来て、ベンチの端に座った。

飲みます?

いえ、いいです。

お飲みなさい。

ありがとう。

私は目礼して缶コーヒーを受け取った。のどが渇いていたので、コーヒーは甘くておいしかった。近所を散歩する気分で出かけるほどこのコースには慣れていたので、ミネラルウォーターの一本さえ持ってこなかったのだ。

白雲台に行くんですか?

はい。

どっち側に下りるんですか?

来た方に。家がそっちの方なんです。

ああ、と男性がうなずいた。

それで荷物がないんですね。

しばらくして男性が言葉を続けた。

僕、ここからまっすぐ貞陵《チョンヌン》の方に下りようかと思います。家が舊基洞《クギドン》なので。貞陵からバスに乗ればもっと近いでしょう。

……ええ。

実は僕、山にはあまり登ったことがなくて。でもあなたがとても上手だったから、がんばってついてきたんですよ。休まずに。

そう言われて私はじっと男性の姿を見た。色白な顔でめがねはかけておらず、背丈は普通より少し低く、体型はちょっとやせ型で良い感じだった。専門職についているのだろうと思われたが、人文系や芸術系ではないらしい淡白な感じがしたことを覚えている。

私も、この近くに住んでいるから日曜日ごとに登ってるだけです。別に上手じゃないんです。山もここしか知りません。

彼の話し方に倣って、私の口調も簡潔で控えめになった。会ってから間もないけれど、彼の性格が気に入った。私はいつも、誇張や嘘のない内気な男性が好きだった。

写真、撮ってもらえますか?

彼は、明るい赤のサファリジャケットの内ポケットからオートフォーカスのカメラを取り出した。私にカメラを渡す彼の手は震えていた。それも好ましかった。

私は立ち上がって二歩ぐらい後ろに下がり、ベンチに腰かけてはにかんで笑っている彼を撮った。アングルを変えてもう一カット撮り、カメラを彼に渡してからまたベンチに座った。コーヒーの残りを飲んでいると彼がベンチから立ち上がった。ちょっと前に私が立っていたところまで行き、私に向かってカメラを構える。撮らないで、と私は手を振ったが彼はシャッターを押し、私が吹き出すとまた押し、照れくさくて白雲台の方を見たときにまたシャッター音がした。

彼はベンチに戻ってくるとカメラをジャケットの内ポケットに入れた。自分のコーヒー缶をいじりながら、こう言った。

ほんとは、今日から四日ぐらいかけて、智異山《チリ》で縦走というのをやってみようと思ったんですが、昨日、急に雪が降ったので……

社会人だと思ったら、平日に山に登るほど時間がある人なのか。だが私は彼に何も聞けなかった。もともと社交性も会話の才能もない私だが、そのころはいっそう口数が少なかった。五分くらい、二人は黙って目の前に広がる早春の山の景色に目をやりながら座っていた。

ここから白雲台まで登るのって、けっこうきついでしょう?

智異山の縦走をしようとした人の言うこととも思えず、私は笑った。

ちょっと滑りますけど、ちゃんとロープが張ってありますから。

じゃあ、僕も一緒に登ってみようかな?　せっかくここまで来たんだし……

彼と私は立ち上がり、ベンチのそばの大きなビニール袋に缶を捨ててから白雲台を目指した。彼が先に立った。滑りやすい道に足をつけるかつけないかのようにして、ロープにしっかりつかまった手の力だけを頼りにしてついに頂上にたどりついたとき、手のひらはまっ赤になり、肩先が痛かった。彼の顔も上気していた。

こんなに高いところに橋があるんですね。

息を整えながら彼が言った。

……あの岩と岩のあいだを渡ろうとしていた息子が落ちて死んだので、そのお父さんとお母さんがかけた橋だと聞きました。

私は言った。

渡ってみますか？

彼と私はその小さな鉄製の橋を渡り、議政府《ウィジョンブ》の方へ広がっている平原を、うろこのように輝く遠くの川を見おろした。

もっと早くここに来るべきだったな。

彼が言った。本気で後悔しているようだった。その顔と声から、何かが感じられた。皮肉な意味ではなく、世の中心からはずれたところに立って生きてきた人の顔、自分の声に耳を傾けながら話す人の声だった。

20

地下鉄の駅から五百メートルほど歩くと三叉路に出る。横断歩道の前に立つと、ソジンが教えてくれた通り、こぢんまりしたマンションの団地が目に入ってくる。自動車整備工場と鏡屋、家具店を過ぎ、通りを曲がって上っていく。団地の正門に着いて、私は腕時計を確認する。ソジンは二人めの子が午後四時ごろに昼寝から起きると言っていたが、まだ二時半にもなっていなかった。私はあたりを見回す。果物は重いから、子どもたちが食べるケーキでも買っていこうと思いつく。

団地内の商店街には洋菓子店がなかったので、車が通れるぐらいの道幅の隣の通りに入る。地下鉄の駅に通じる近道らしく、そちらの方に五、六軒の店がある。その中に洋菓子店を見つけて歩いていった私は突然、写真館を見つけて立ち止まる。

このマンションに住むソジンが現像を頼んだのなら、この店ではないだろうか。外に陳列された写真を私は見る。一歳のお祝いの写真、卒業写真、家族写真などが、金箔を施したり艶出しをした額に入っている。

開いたドアの中へ入る。カウンターには誰もおらず、母屋に通じるドアが開いている。風が通るので、暗いけれども息苦しくはない空間だ。夏の陽射しが照りつける外より涼しい。

五坪程度の空間の大部分を占めているのは、写真撮影の背景として設置された空色のロールスクリーン、その前に置かれたアンティークの椅子、照明設備と大判写真機だ。レンズに入らない外に積まれたがらくたと対照をなしているそれは、人形劇の小さな舞台を連想させる。

私はあたりを見回しながら、壁にかけられた写真を見る。出入り口のすぐ横の写真には、がらんとしたスタジアムの観客席に並んで座った中年夫婦が逆光で写っており、向かいの壁には大きめの白頭山《ペクトゥサン》の天池《チョンジ》（北朝鮮と中国吉林省の国境線上に位置する白頭山山頂のカルデラ湖）の写真がかかっている。雪景色を背景に、まじめな顔の少年が一人で写った写真の隣に、私は目を止めた。

私の顔がそこにあった。

大学ノート二冊分ぐらいの大きさの額の中で、早春の青々とした木々をバックに私はにっこり笑っている。私が想像した通りだった。あのときの写真だ。あの服、毛玉がいっぱいできたので結婚前に捨てた銅《あかがね》色のセーター。春や秋にはあれを着て山に行ったものだ。

ご用件は？

母屋の方から、ランニングシャツ姿の男性が片手にのこぎりを持って出てくる。もう一方の手には木の額縁を持っている。子どものころに小児麻痺を患ったのか、目に見えて足を引きずっている。

めがねの中で微笑む目に見覚えがある。ほどなく私は、彼が写真の中でスタジアムに座っていたあの人だということに気づく。私は振り向いて、その写真をもう一度見る。彼の顔にも、彼の妻の顔にも、高校の先生のようなきちんとしたところがある。長くいたわりあいながら年を取ってきた、珍しい夫婦の姿だ。

私は自分の写真を指差す。

……あの写真。

ああ、と店の主人が快活に笑う。

どこかで見た方だと思ったら。

あの写真、いつからここにあるんですか？

ええと。

彼は首をかしげる。

私らがここに入って十年ちょっとになるんだけど、とにかく、ここへ来て間もないころにかけたんですよ。それにしても、ずいぶんほっそりされましたね。ぱっと見て同じ人だとはわかりませんでしたよ。

……年を取ったからでしょう。

彼はまた快活な声で笑う。

ところであの写真、誰が預けていったか覚えていらっしゃいますか？

彼はちょっとめんくらった様子だ。

そちらさんじゃなかったんですか？

私はちょっと質問を変えた。

預けた人が、あんなに拡大してくれと言ったんですか？

違いますよ。私の考えでああしたんです。壁が寂しかったんでね……笑顔が明るくていいなと思ってね。ええとね、ちょっと、待ってくださいよ。

彼は記憶を呼び起こそうとして眉間にしわを寄せる。

ずっと受け取りに来ない写真の中から選んだんだと思います。そうだな、私らは春にここに入ったんですから、あれをかけたのは秋ごろだな。うん、思い出しました。

でもどうして、と彼はめがねをずり上げながら聞く。

何かわけでもあって？

21

いいえ、と私は笑いを浮かべてみせる。しばらく口をつぐんでからまた問いかける。

誰も取りに来ない写真はどうするんですか？　捨てるんですか？

捨てる人もいますけど……私は元来、何か捨てるってことができない人間でね、全部どっかにしまってありますよ。でも、かなり前のことだからねえ。

彼の顔を面倒くさそうな気配がよぎる。額縁とのこぎりをカウンターに置いて、彼は腕組みをする。

私、ご迷惑をおかけしたくはないんだけど。

私は言う。

保管してあるところだけ教えてくだされば、ごちゃごちゃにしないようにできるだけ注意して捜しますから。

そんなの捜してどうするんです？　捨てたかもしれないのに。捜しても、無駄骨になっちゃうかもしれないでしょう。そんなに大事な写真なんですか？

大事だろうか。ほんとのところ、全然そうではない。

答えに詰まる私の顔が真剣だったので、主人はむしろ心が動いたようだ。ため息をつきながら立ち上がり、また母屋の方へ行く。

……ちょっとお待ちなさい。まずは私が見てみますから。

顔を上げて壁の時計を見る。三時四十五分。二個めの箱を半分も見ていないが、四時までに全部見るのは不可能だ。現像や焼き増しを頼んだ順番とは全然無関係に並んだ封筒たちの中で、私は疲労を感じている。封筒に日付は書いてあるが年度がわからないので、四月か五月のものがあったら開けてみるという方法で進めている。右手だけでめくっていこうとするとだんだん負担がかかり、しょっちゅう手を休めてストレッチをしている。手首と腕に同時に力がかかる大きな動作よりもむしろ指の関節を疲れさせるのが、こういった小さな動作なのだ。

十年間、誰も取りに来ないフィルムの量は予想外に膨大だ。家族の写真もあり、仲睦まじく見える恋人たちの写真もある。卒業写真や証明写真も目につく。みんなそれぞれに特別な事情があったのだろうし、中には単純に取りに行くのを忘れた人もいるだろう。大ざっぱにめくってみて、違うなと思ったらまたしまい、木や山の風景が一枚でも出てきたら注意深く調べる。やがて、見つけたのに気づかないでまた封筒に戻してしまったのではという疑いが湧いてきて、なおさら力が抜ける。

もうすぐ四時だ。私はほとんど自暴自棄になって封筒を開け、写真を取り出す。青々とした木々、咲きはじめのつつじの花が見えて指のスピードを落とす。特に上手だとはいえない、オートフォーカスのカメラで撮った風景写真だ。見上げて撮った木の写真、氷のついた岩のすきまに顔を出している薄緑色の芽。半分くらいまでめくったとき、私は一人の男性の顔を見る。おとなしそうな、見知らぬ顔だ。もしやと思って次の一枚をめくり、そこに私は一人の女の後ろ姿を発見する。

私は姿勢を正す。

それは私の後ろ姿だ。髪をぎゅっと束ねて、銅色のセーターとジーンズを身につけ、片手で岩につかまりながら山を登っている。次はベンチに座った私の上半身、その次はズームで寄った二十三歳の私の横顔だ。小鼻のにきびが赤くなっており、歯茎までむき出してにっこり笑っている。まだ壊れたことのない人間の顔だ。悪夢を見て、じめじめした布団をはねのけて起きたことのない顔だ。そのたびに向き合わされる、まるで灰の山のような、寒々と冷えきった絶望を知らない顔だ。

次はまたその男性の顔だ。私が撮ったのだろうか。一重まぶたの目に、色白な顔、人中（鼻の下のみぞ）がくっきりしている。記憶の中のぼやけた顔が静かに焦点を結ぶ。善良そうな印象、重たくない静かさ、さっぱりした態度。ある感じがあった。なかなか会えない人だという感じ。この人を理解し、夢中になるかもしれないという予感――結局は的中しなかった予感があった。

写真を封筒に入れ、私は痛みだした腰を手で支えて立ち上がる。写真館の主人はまだ、やかましい音を立ててやすりをかけた四枚の額縁に塗装をしている。

私は尋ねる。

ご自分で額縁を作られるんですね？

沈黙に慣れているのか、主人はびくっと驚いて顔を上げる。

まあ、あれこれね、手で何か作るのがすごく好きなもんでね。

その答えが静かに胸に刺さる。彼が手の甲で額の汗を拭く。私が持っている写真の封筒をあごの先で指して、尋ねる。

あったんですか？

……はい。

よくまあ見つけましたね。無駄骨になるかと思ったけど。

お支払いします。

いいですよ、昔の写真だのに。そちらさんが頼んだものでもないんでしょ。

でも払いますよ。ご面倒をおかけしたし。

私は埃まみれの手でバッグの中を探る。財布を開けて一万ウォン札を取り出す。おつりを待つあいだに写真の封筒を見ると、フィルムを預けた人の名前が目に入ってくる。チェ・インソン。あの人の名前はチェ・インソンというのか。名前の横に電話番号が書いてある。私は封筒をバッグの奥にしまう。封筒を押し込む指の関節が疼く。

昔の恋人ですか?

好奇心を抑えかねたらしく、主人はついに、私に尋ねる。

22

夫が最初の男だったから——それほど男性とのつきあいに不慣れだったから——私に昔の恋人はいない。たぶんあの人とのことも、そこまでで終わっただろう。大東門に戻ったあと、彼は貞陵の方へ、私は来た道を通って下山しただろう。彼に若干の好意を持ったとしても、連絡先を教えあって写真をもらう気さえ起こさなかっただろう。白雲台から下りていく道の、ロープが設置された険しい短いコースを過ぎたとき、私が氷に滑ってみごとに転ばなかったら。

笑いながら立ち上がろうとして、予想とは違い、自分が足首をくじいていることに私は気づいた。

大丈夫ですか？

私につられて笑っていた彼が近づいてきた。私はもう一度立ち上がろうとして、痛みと笑いが混じった小さな声を上げた。

……真冬にも滑ったことなかったのに、くじいたみたいです。

歩けそうですか？

もちろん私もうろたえたが、彼の表情はなおさら困惑しているように見えた。私は、ええもちろんと言いながら足を踏み出したが、すぐに悲鳴を上げて膝を曲げてしまった。

彼は貞陵の方へ下りる計画をとりやめ、私を背負って下りはじめた。彼のリュックを私が背負い、彼が片腕で私の体を支えた。もう一方の腕でバランスをとりながら急坂を下りていくあいだ、彼はずっと息を切らしていた。平地が現れると休み、それを何度かくり返した。そのやせた体に背負われて初めて、私は彼の弱さを感じることができ、彼は私をおろすと腕の運動をし、拳で腰をトントン叩いた。ごめんなさい、ありがとうと私は何度も言ったが、どんな言葉であれ彼が答えたようではない。たぶん笑っただけだったろう。一度、人のいない坂道の岩の上に私をおろしたとき、ふっと声を出して腰を回す運動をしながら、彼は空中に向かって低く笑った。

何で笑ったんですか？

ちょっとね。

彼は短く言葉を切って、こう言い足した。

僕、小さいときから病弱だったんです。十歳のとき、死にかけて生き返ったこともあって。家族もみんな、僕がほんとに死んだと思ったんですよ。あのとき死んでいたら、今こうしてあなたをおぶってあげることもできなかったなと思って……

子どものように満足げに目を輝かせている彼と視線が合って、私はうっすらと想像した。彼がずっとそこからはずれてきた中心とは、健康——健康な体を持った人生——だったのだろうと。ふと、彼の視線が家族のように優しいことを私は感じた。彼がまた私をおぶったとき、彼の体に私の胸と太ももが触れたが、なぜかもう恥ずかしくなかった。

毎週、この山に登ってるんですか？

彼の背中から低い声が響いてきた。

私がそうだと答えると、彼は頂上で言ったことをもう一度くり返した。

後悔しますね……もっと早くここに来ればよかった。

どうにか山を出て、道詵寺《トソン》から運行するバスを待つあいだ、彼の顔は山で見たように優しげではなく、何がなし心重たげに見えた。家に向かう平地で私は、背負われるのではなく脇を支えてもらって足を引きずって歩いた。路地の入り口にさしかかったとき、ちょうど友だちと一緒に帰ってくるところだった弟に会った。

どうしたんだよ、姉さん。

私が事情を説明しているあいだに、彼が私を支えてくれていた腕を離した。まるで自分の体の一部が離れていくように、彼の体温が離れていった。

あの、ちょっと。

私が呼び止める前に、彼は頭を下げて挨拶すると突き当たりを曲がって消えた。弟に支えられて家に歩いて帰る途中、足首の痛みのためではなく、彼が思いがけずあんなふうに行ってしまったために、私は一言もものが言えなかった。


足首が治るまで私は山に登れなかったが、ちゃんと歩けるようになると、日曜日が来るのを待ち焦がれた。彼のはにかんだ視線を、手の震えを私は思い出した。あの人は確かに私に好意を持ったと、私は感じた。日曜日が来るたびに同じような時間帯に山に登り、よくある赤いサファリジャケットを見るたびに目を止めた。私のことが本当に気に入ったのなら、また同じ時間に山に来ることもできるはずだ。あの人は、私が彼に惹かれたのと同じぐらい私を好きになったわけじゃなかったんだな。サファリジャケットを着るには暑い気候になったころ、私は自分の直感がはずれたことに驚き、失望とともに、理由のわからない喪失感を感じた。

名前も、年齢も、職業もまったく知らない男性のイメージが十年も過ぎた今蘇り、そこにそのままある。もしも私がその人とおしゃべりをしていたら、こんなに明るい思い出として残ってはいなかっただろう。私が彼と分け合ったのは沈黙だった。悲壮でもなく憂鬱でもない、ただの沈黙。話をしなかったためにいっそう深く記憶に刻まれた、体の温かさ。

その後一年近く、私はときおり彼を思い出した。あの山道を、人気《ひとけ》のない岩の上の休息を。そして後悔した。彼が私をまた背負うために近寄ってきたとき、なぜ顔に手を差し伸べて頬に触れなかったのかと。彼の背中におぶわれて首に手を回したとき、熱い吐息が立ち上る、細い産毛の生えた首になぜ、唇をつけることができなかったのかと。

23

待ち受けたようにすぐにドアを開けてくれたソジンは、自分で染めたエプロンをしていた。華やかな色合いと大胆な筆遣いが彼女らしい。

いらっしゃい。暑かったでしょ?

ソジンの子どもたちがにぎやかな声を上げて走ってきて、私が持っていたロールケーキの箱を受け取る。

子どもらがすいか食べたがってたんだけど、あなたが来るまで待ったんだよ。

ソジンが先に立ってキッチンに行く。

ここまでの道、すぐわかった?

あなたがすごく詳しく教えてくれたから……

私、教師経験八年だもんね。

すいかのまん中のあたりを円盤状に輪切りにし、中の果肉のところを小さなサイコロ状に刻みながらソジンが言う。それをお皿に盛ってフォーク二本を挿すと、すいかはおいしそうなケーキの形になった。

今年六歳だという上の子のジヌクが、すいかケーキ、すいかケーキと言いながら駆け寄ってくる。まだ言葉がしゃべれないジョンウクもよたよたとついてくる。ジヌクにすいかのお皿を渡したあと、ソジンは私たちの分のすいかを切りはじめた。こんどは大きめの扇形に切ってお皿に載せる。

私たちはここで食べよう。

食卓の前に座ってソジンが言う。彼女と一緒に座ると、リビングで向かい合って食べるのに夢中の子どもたちの姿が見える。

子育て、大変じゃない？

もちろん、大変だよ。

彼女は笑う。

大変だって言ってみたところで、やったことない人にはわからないし、やったことある人はわかりすぎてるから、そういう話は誰にもしなくなるんだよね。

ソジンは以前より成熟した印象で、性格も快活になったようだ。だがその快活さは断続的で、何か陰刻されたものがときどきかすかに現れるような感じだ。私たちは沈黙してから、大学時代のことや、誰がどんなふうに暮らしているかという方向へ話題をそらした。そうなんだ、あの子、留学したんだ。遅かったけどよく決心したわね。あの子はしばらく前に二人めが生まれたみたいだけど。そうそう、あの子は招待状まで送ってきたけど結婚を取りやめにして、その後は音沙汰がないよ。

顔と服をすっかりすいかの汁まみれにした兄弟が、空いたお皿を持ってくる。ソジンの手が忙しくなる。私が空いたお皿とテーブルを片づけているあいだにリビングの床にこぼれたものを拭き、ジョンウクをバスルームに連れていってシャワーを浴びさせ、服を着替えさせる。慣れた、すばやい手つきだ。ソジンの肩、腕、胸の、ゆるやかに丸みを帯びたりくぼんだりしている線は、何千回も子どもを抱き上げてきた痕跡であることに私は急に気づく。前だったらわからなかっただろう。見ても見えていなかっただろう。

そのあいだに一人で手と口を洗ってきたジヌクが、自分の部屋から何か持ってくる。

それなあに?

僕のとかげなの。

それ、飼ってるんだ?

はい。

目の細かい金網で作ったかごの中に砂が敷き詰めてある。指ぐらいのサイズのサボテンも植えてある。そのミニ砂漠の中で、手のひらほどの大きさのとかげが目をぱっちりと開けて私を見上げている。

ああもう、これのおかげでほんとにさ。

ソジンが乾いたタオルでジョンウクの顔を拭きながらこぼす。

この子が、可愛い動物にはまるで見向きもしないで、これを買ってくれって言うの。百科事典で見たんだって。去年の冬なんか、もう、どんだけ驚いたか。

ジヌクがミニ砂漠を私の足元に押しやる。何かを見せたいらしいので、私は子どもと並んで床に座る。注意深い子だ。とかげと同じように、はっきりと見開いた目で私を見上げる。

その前足を見せたいのよ。

前足？

せわしなくシンクの前を行き来しながら、ソジンが説明してくれる。

この前の冬に、あのとかげったら、どうやって逃げ出したのかわからないんだけど、朝起きてみたらまんまといなくなってたの。咬みはしないけど、それでもびくびくものでしょ。靴下を出そうとしてドレッサーの引き出しを開けたら、その近くのどこかにひっついてて、あっというまに引き出しの中に入っちゃったのよ。

ソジンの声が芝居のように高くなる。

びっくりしてとっさに引き出しを閉めたらね、そのはずみで前足がちぎれちゃったの。私は私で心臓ばくばくだったけど、ジヌクは泣きわめくし、とかげはとかげでもがき回るし……

ジヌクはくすっと笑って人差し指でとかげを指差す。私はうつむいて、子どもが指差したところを見る。とかげの体は全体に暗褐色と灰色の中間の色調で、なるほど、前足にざっくりと切れた痕がある。その上に、もともとあるべき足より小さくてやわらかそうな、白く透き通った二本の足が生えている。

でも、ふしぎだよねえ。生物の時間に習った通り、ほんとに足がまた生えてくるんだもん。

エプロンで手を拭きながら微笑むソジンの顔を私は眺める。また振り向いて、無言のまま輝やかせた子どもの顔に浮かんだ得意げな様子を見る。

これ、名前あるの？

私は尋ねる。

ヨンウォンっていうの。

永遠《ヨンウォン》？

はい、黄色い模様のヨンウォン。

24

ソジンが冷蔵庫から何か色とりどりのものを取り出すのを見て、私は一瞬、陶磁器の人形かと思う。ソジンがそれをお皿に載せて電子レンジに入れるのを見て内心、驚く。しばらくして私の目の前に置かれたのは、驚くほど精巧に作られた餅菓子だった。青い鳥と花、木や子猫。にんじんとか、くちなしとか、黒米とか……食用色素もちょっと入れて色をつけたの。あなたが来るから、朝からジヌクと一緒に作ったのよ。

すごいね、こんな……

ほめようとして、私は思わず言葉に詰まってしまう。これほどまでに、手を動かして何かを作らずにいられないということ。そんなにものたうち回る何かが、彼女の中にとぐろを巻いているなんて。

私、もったいなくて食べられないなあ。

大丈夫よ、また作ればいいんだもん。

ソジンはツバメのひなのように口を開けているジョンウクに、青い鳥をちぎってやる。

あなたも食べて、早く。

私は仕方なく、薄紫色の野菊をつまんで一口噛む。精巧にできた餅の中には白あんまで入っている。

味もいいのね。

ほんと？

ソジンの目が揺れる。


ジヌクがキックボードを持って公園に行き、ジョンウクがベランダでおもちゃの車を押して遊んでいるあいだに、ソジンがリビングのオーディオの電源を入れる。エリック・クラプトンの古いアルバムだ。四歳の息子を亡くしたときに作ったという、静かな歌が流れてくる。

私は疲れた体をソファーに埋めたまま、歌の歌詞に耳を傾ける。時間は君をどん底に突き落とすかもしれない　君にひざまずかせるかもしれない　君の胸を引き裂き　お願いだと哀願させるかもしれない。

沈黙を破ってソジンが言う。

……あのね。私、小さいとき、タイムマシンが出てくる映画が好きだったの。過去の時間の中に戻っていきさえすれば、その空間、その状況がそのまんま蘇るっていうのが好きでね。ときどきそんな想像してみるの。まだそういう機械が作られていないだけで、そこに戻っていけばみんな生きていて、また会えるって。

私は尋ねる。

そんなに戻りたいのはいつ？

そうね、特に戻りたい時があるわけでもないんだけど。

ソジンの顔が暗くなる。

どうせ全部嘘だってわかってるのにね。

ソジンの答えはクラプトンの歌の歌詞の一部のようだ。みんな散り散りになってしまうということ。

すっかりすり減って、消えてしまうということ。

ずっと子育てで、外の風を吸えなくて、憂鬱になってるんじゃない?

……そうかもね。

急にソジンが目元を手でこするので、私は驚く。

ソジンはすぐに勢いよく立ち上がり、床に置いてあったケージを手にする。ミニ砂漠をゆっくりと這い回っているとかげが、空間の動きに敏感に反応する。小さな、透き通った前足を窓の格子にぴったりとくっつけて、微動だにしない。

それで、と私はソジンに尋ねる。

ジヌクがこれ、ヨンウォン《永遠》って呼ぶの?

ソジンが努めて明るい顔になる。

うん、聞いてると面白いよ、「永遠、永遠」って話しかけてるから。「永遠、ごはん食べようね」とか。「永遠、よく寝た?」とか。前足がまた生えてからは、ますますかわいがってるわ。

さっき目をこすったので白目の部分を赤くしたソジンが笑いを浮かべてみせる。そしてとかげと一緒にジヌクの部屋の方に消える。

25

ソファーの前のテーブルの上に、ジヌクが持ってきて置いていった動物図鑑が広げられている。カラフルで文字も大きいけれど、子ども向けの本としてはけっこう分厚く、説明文も多い。これだよ、うちのとかげ、と子どもは言った。ソジンがたしなめるように口出しする。あんたのとかげ、これじゃないよ。種類も違うし色も違うわ……見てごらん、これは毒があるって書いてあるじゃないの。咬まれたら死ぬこともあるって。でもこれだよ、と子どもは意地を張る。

黄色い模様の蠑螈《ヨンウォン》（両生類の分類科の一つ。「永遠《ヨンウォン》」の同音異義語）
火とかげ
Fire Salamander

私はわけのわからない力に引かれ、その動物の写真から目を離すことができない。触ったらじめじめして冷たそうな皮膚。空中に長く伸ばした先の割れた舌。筋肉質の長い尾。すばしっこそうな四本の短い足。

そいつはカメラをまっすぐ見据えており、すぐにでも動物図鑑のコーティングされたページを突き破って飛び出してきそうだった。火とかげという名前がとてもよく似合う。あの舌から炎が吹き出してくるのだろうか。または、火のような猛毒が？　中東の砂漠地帯に棲息するというその動物は、エジプト人たちによって、火の中でも生きられると信じられていたと図鑑に書いてある。とかげの再生力と火の浄化力が結びついた信仰なのだろう。

　その生きものの不気味な外見とは対照的な、際立って美しい模様を、私は長いこと味わう。燃え上がる太陽に近い地域でなければ決して生まれない派手な模様だ。明るい、レモン色に近い透明な色彩。蝶々や白い鳥、若い女性のスカーフに似合いそうな強烈な柄。

　黄色い模様の永遠《ヨンウォン》、と私は口の中でつぶやいてみる。蠑螈《ヨンウォン》とは、サンショウウオ科の下位に位置する属名にすぎないと書いてあるが、その同音異義語の響きが私の心をかすかに揺さぶる。なぜそうなるのか、どんな動きか説明しがたい微々たる動きで。

26

そうね、あなたの言う通り、憂鬱になることもあるけど、そればっかりじゃないんだ。特に二人めの子を見てるとね、一瞬一瞬が驚きなのよ。おなかがすいてない限りはずっと笑ってるんだもの。ひっきりなしにいたずらの種を見つけ出して、それで幸せで、活気に溢れてる。いちばん自然な状態のとき、人間ってこういう存在なんだろうね。私たちももともとはああだったけど、そのあとにいろいろプログラムされて、本来の状態を忘れて暮らしてるんじゃないかと思うわ。

　そうかなあ……でも、覚えていないしねえ。

何を？

私は答える。

私があのくらいだったころ、どうだったのか。

……覚えていられないころのことって、無意識の中に入ってるのかなあ？　そうだったらいいのにね。そんな自然な状態が隠れていて、いちばん必要な瞬間に私たちを助けてくれるんなら。

重要な課題に没頭しているまじめな大学一年生のように、ソジンは会話を続ける。私がいつも好きだった、もしかしたら私と似ている彼女の性格だ。そう考えると彼女は、あまり変わっていないのかもしれない。

また絵を描きたいと思わない？

思わない。描かないから楽だよ。こういう生活がいいの。

そう答える彼女の表情がまた陰り、私は質問したことを悔やむ。私はおずおずとバッグを開け、写真の封筒を取り出す。

あなた、結婚するまでずっとこの町に住んでたんだよね。

ソジンがうなずく。

もしかして、この人知ってる？

これ、だあれ？

私は写真館に寄ってこの写真を捜してきたことや、十年前の短い出会いのことを、さらっとかいつまんで説明する。

そう。

彼女は首をかしげる。

見覚えがあるような気もするし、ないような気もするし。ほんとに平凡な顔だよね。どっかで会ったことあるよねってよく言われてそうなタイプだわ。

……だよね？

でも、どうして写真を取りに来なかったんだろう？

彼女と私はちょっと沈黙する。

これ、ここに置いていきなよ。明日、実家で兄さんに会うからちょっと聞いてみる。

私はその男性、チェ・インソンの写真を一枚ソジンに渡す。ソジンが用心深く尋ねる。

でも、知ってどうするの。この人に会えるなら会ってみたいってこと？

私はすぐには答えられない。

あらら、大変。私のせいで円満な家庭に問題が発生したりしない？

彼女の純粋な顔には好奇心と期待と心配が入り乱れており、私は笑ってやりすごしてしまう。

27

ソジンがジョンウクにミルクを飲ませているあいだ、私はリビングの床におりてソファーの脚にもたれて座る。目をつぶっていると、知らず知らずのうちにふっと眠気が訪れる。深い眠りの中で方向

28

を見失う。ここはどこで、あれはどこの子の泣き声なのか。いつなのか。私は今、いつに来ているのか。まるで水の上に浮かんでいるみたいだ。めまいがする。胸がむかむかする。どうしてこんなに明るいのだろう。きらきらするのが水なのか空気なのかわからない。また十二歳になったのか。十二歳の夏休み。叔父さんと一緒に初めて漁船に乗っているのか。揺れる船のへさきにぺったりと這いつくばって、私は怯えている。沖に出ると、イワシの群れがいっせいにまぶしく輝きながら船の下を泳いでいった。あっというまの光だ。数えきれない、すばやい光。船までも引っくり返してしまいそうだ。一瞬にしてすべてが過ぎ去り、水面で静寂が息を吹き返す。私の体があぶくのように砕ける。永遠に時間が停止する。私は震える。恐ろしさのために。美しすぎることは苦痛でもあると初めて知ったために。それが釘のように、また種子のように体内に食い入ってくることもあると知ったために。だが、それは一生、粘り強く、死なず、生きて、のたうち回るのだということまでは、十二歳の私はまだ知らない。渇望と絶望、解けない緊張に私の体が浮き立ち、疲れることを知らない。ただ恐ろしく、ぼんやりとした予感を鎮めるために両の手のひらをぐっと開いて、胸のくぼみを押さえている。強烈な水のきらめきのためにほとんど目を閉じたまま、吐かないようにずっとつばを飲み込んでいる。まぶしさのために閉じていた目をかろうじてパッと見開くと、口のまわりに白い牛乳をいっぱいつけた子どもがよたよたと、私の方へ歩いてくる。無防備な笑いを浮かべている。

長い夏の日の太陽が最後の焼けつく光を投げかけ、今日の午後も終わる。ジョンウクをベビーカーに乗せて、ソジンがマンションの正門まで送りに出てくれる。公園にいたジヌクがキックボードに乗って滑ってくる。

おばちゃん、ごはん食べていってよ。

ソジンも本気の声で加勢する。

うちの人、今日帰りが遅いのよ。ごはん、食べていってよ。

またこんどね。私も帰らなくちゃ。

名残惜しそうな顔でソジンが私の腕を引っ張る。

それじゃ、このへん一回りしてから帰ってよ。このマンション、小さいけど、裏の方の庭はきれいなんだよ。

私はめんくらう。愛されていることの恍惚感に。彼らの嘘のない歓待が、自分には縁遠いものに感じられる。

裏庭に出ると、うっそうと茂った木々からさわやかな風が吹いてくる。先に立って滑っていくジヌクの後ろ姿を眺めながら、私はソジンと肩を並べて歩く。ジョンウクが聞き取れない言葉をつぶやきながら、小さな足でベビーカーの足置きをとんとんと蹴る。よく茂った木を見上げて、私はあっと驚く。逆光を浴びた木の葉たちの形に見覚えがあるように感じたのだ。無数の、暗緑色の円のすきまから漏れ入ってくる日光。

少し歩いて、私ははっと気づく。

Qが描いていたのはあれだ。あの黄色だったのだ。

三人と別れて家に帰るバスの中で、私はずっと街路樹を見上げている。燃え上がる陽射しを、逆光を浴びて輝く木々の葉を、葉っぱたちが作り出す丸い形を。

29

いつもと同じく、夫は連絡をよこさず帰ってこない。開いているベランダのドアを通して、警備室のラジオの九時のニュースのオープニングが聞こえてくるまで、私はあの男性、チェ・インソンが撮った写真を見ている。木と空、光を浴びた葉っぱ。私が撮った彼の横顔、私の写真三枚。氷におおわれた岩のすきまに萌え出した芽。そこに重なる、温かい息が立ち上る彼の首筋、白い肌と産毛。そこに唇をつけたいと思ったはるかな一瞬。

それらすべてのものが静かに、あの写真館の埃をかぶった箱の中で眠っていた。私の時計のように二年間、暗闇の中で、止まることなく静かに回っていた秒針のように。

会いたいと私は思う。今の彼ではなくあのときの彼に。いや、本当はあのときの私に、あの女にだ。意地っ張りの、何ものにも染まっていない、だから成熟しないその女に。それから思いがけず、火をつけられたようにして私は悟る。自分があのときに戻りたくないと思っていることを。あの、何も知らなかったときに戻ることはできないと思っている自分自身に気づく。

私はずきずきする指を自分の温かい首筋に当ててみる。そのときにわかる。もしも私が再びこの世で、愛を知る人間として生きていかねばならないなら、私の中の死んだ部分を蘇らせようとしてもだめなのだと。その部分は永遠に死んだのだから。

まるごと、新たに、もう一度、それを生まれさせるべきなのだ。最初からまた学び直さなくてはならないのだ。

そう思うと言いようのない寂しさとともに、現在の彼に会いたくなる。おそらく結婚して子どもがいる、三十代後半にさしかかった、十年という時間の中で風化し、いくらか歪んだあの人に。

私は勇気を出して電話機を引き寄せる。写真の封筒に書かれた電話番号を押す。呼び出し音が鳴っているあいだ、言葉を準備する。チェ・インソンさんのお宅でしょうか。それでは、今住んでいらっしゃるところの連絡先を教えていただけないでしょうか。もしも彼が電話に出たら聞けるだろうか。あなたの中に、あの日の私が残っているかと。まだ生きているかと。かすかな形だけでも。

呼び出し音はしばらく続き、局番が違っていますというメッセージが流れてくる。メッセージが英語でくり返されるまで私は受話器を持っている。誰かが手を振っているような気がしてふっと振り向くと、四階のマンションの窓の外のまっ暗な闇の中に、一本の木の梢が、黒い葉が何枚か風に揺れている。

30

電子レンジ用のホットパックを温めて乾いたタオルで包む。右手を裏返して、指を温める。一時間ぐらいするとホットパックが冷めてくる。洗面台にお湯を張って、右手を浸ける。

朝、髪を洗えなかった。もちろん、ごはんも炊けなかった。

今日は手の調子がよくないの。

食卓に来ようとしていた、まだ目が覚めきっていない夫の顔がこわばった。私を見る彼の目を、咎《とが》めるような色とかすかな軽蔑が横切った。

ほんとに？　ほんとにできないの？

以前の彼はそう尋ねた。コップを伏せて置きながら、ほんとにこれができないの？　とたたみかけ、信じられないようだった。だが、もうそんなことも尋ねない。冷たい、疲れた顔で米を研ぎ、炊飯器にセットしたあと、自分は一匙も手をつけずに出ていくだけだ。

からっぽの家の寂寞の中で、洗面台の湯に手を浸けて私はうつむいていた。正午が近づき、蒸し暑さがまた猛威を振るっている。お湯のおかげで全身が汗だくだ。私は、この熱さで血液が循環することを期待している。赤い血管を目の前に思い描く。光に手を浸しているところを想像する。炎のような光がどくどくと流れ込み、血管を満たす様子を、無数の赤血球たちが沸き返るさまを、その力で、損傷した手の関節が蘇ることを思い描く。ひたすら集中する。

胃腸障害と拒絶反応のために薬を飲むことをあきらめ、東洋医学の治療を受けるためにさまざまな病院を転々とした。だが、どんなに有名な医師も私の手を治すことはできなかった。一日のうちにバッグと引き出しの中を引っかき回し、写真の箱を調べただけでだめになるような手で、何ができるだろう。レポートを書かなくてはならないから学問の道には行けないし、会社勤めはもちろん、小さなお店でもやろうとしても自力では無理だ。もしも私が歌がうまかったら、それだけは手がなくてもできそうだと、自嘲に満ちた結論を下したこともある。

手とはそういうものだ。一人の人間のほとんどすべてだ。私はいつも、独立した強い人間であろうとして努力してきたが、手が使えなくなった私はわずかの経済力を持つこともできない人間だ。死の瞬間まで絵に没頭するのが自分の生き方と思って疑わなかったのに、たった三十二歳で筆を置いてしまった人間だ。誰にも迷惑をかけたくなかったが、いちばん近しい人間を苦しめ、負担になっている。ただ息をし、生きているということだけで。

こうしてさらに小さくなっていく。さらに消えたりぼやけていく。ただ、ふしぎなことは、すべてがぼやけていったのに反比例して、むしろ感覚は鮮明に蘇ってきたということだ。刺身包丁のように鋭利になった、以前にはなかった目と耳と鼻と皮膚と舌の感覚を感じる。そしてそれよりも明澄な、名づけることのできない感覚。肉体からとも霊魂からともいえない、そのどちらにも分けられない部分から広がり出てくる、怖いほど切実な触手を感じる。

ぬるくなった湯を洗面台から流したあと、私は部屋に行く。蒸し暑さに耐え、汗を流しながら眠ろうとする。寝ること以外にやることがないから寝る。夕方ごろにしばらく目覚め、ちょっとよくなったかなと思って右手を握ってみる。指の節々がずきずきと疼く。また目を閉じる。ずっと目覚めたくないと思う。

だが、永遠にではない。まだ。

31

またあのまっ白いものが、襲いかかってくる。こんどはとても間近に、一匹一匹の魚が視野いっぱいに拡大されてぴちぴちと跳ねている。うろこがきらめく。たくさんのえらがぱくぱくと開き、また閉じる。透明な魚の一匹一匹が水をかき分けて死力を尽くす。前進するために、青あざのできた体を険しい流れにぶつけている。もがいている。

32

転覆した車が滑っていって止まるまで、私は意識を失っていなかった。人気《ひとけ》のない夜明けの道のまん中で、二十分近く血を流しながら、全身の痛み、首と腰の激痛、そしてそれらすべてを上回る左手のすさまじい苦痛の中で、もうおしまいだと私は思っていた。人生を整理する余地などなかった。痛いだけだった。恐ろしいだけだった。死にたくないだけだった。

そこを通りかかった個人タクシーの運転手が私を発見しなかったら、そうやって私は死んでいただろう。ある日突然飼い主によって命を奪われる家畜のように、恐怖と悔しさの中で。私はときどき思った。またあんな瞬間が迫ってきたら、それがいつであろうと、死と顔を合わせたその場で、私はもう少し強くなれるだろうかと。

はっきりしているのは、このままその瞬間を迎えるわけにはいかないということだ。どのようにであれ生き返らなければ、真実の生を生きなければ、再びあの瞬間が迫ってきたとき、恐怖と後悔以外には何も期待できないだろう。

しかし、その真実とは何か。すべてのものが幻となり灰になってしまったあとで、私が手にすることのできる真実は何なのか。

それは何なのだろう。

熱帯夜の切れ切れの眠りの中で、あの夜明けの道の記憶が蘇り、全身の細胞が記憶に反応する。今はもう消えたあざが、眠っていた痛覚が目覚める。現実のように。決して夢ではないもののように。

33

何かあったら電話して。

行ってらっしゃい。

今日も汗に濡れた髪を洗えなかった。もちろん、ごはんも炊かなかった。夫の無表情でやつれた顔が玄関のドアのすきまから抜け出していく。私は後ろに組んでいた手をほどき、ベランダに出る。八月の陽射しだが、早朝なのでがまんできる。半袖のワイシャツ姿で車の方へ歩いていく夫の、少し背を丸めた後ろ姿を私は黙々と見守る。朝からあんなに疲れていたら、夜はどんなにくたびれてしまうことだろう。

大学のころ、白髪混じりの恩師がある日、教室でこう言った。どんな人でも、自分が愛しているものだけを所有することができるんだよ。前後の脈絡は消え、その一言だけが記憶にしっかり残っている。今になって私はその言葉がわかる。夫が愛すべき人でなくなったわけではない、私の愛が乾いたのだ。私の愛が干からびてみると、人生は砂漠だった。愛が干からびて、私は誰よりも貧しい人間になった。しばしば聞いてきた聖書の一節が今になって理解できる。「たとえ天使の不思議な言葉を話しても、愛がなければ私は騒がしい銅鑼、やかましいシンバル」……

……ソジンからかかってきた電話を取るまで、私は机に置かれた腕時計を見つめている。今までよくもちこたえてくれたものだ。しかし六年間電池を取り換えていないのだから、いずれ秒針が止まるだろう。それが明るいところで止まることを、可能なら私の温かい手首の上で止まることを、私は願っている。

兄さんに聞いてみたの、とソジンは用件を切り出した。

実は何となく顔に見覚えがあったの。うちと行き来があったような気がして。狭い町だからね。そしたら兄さんと中学高校で一緒だったんだって。すごく親しかったわけではないけど。

……そうなの？

私は何とはなしに、ぼんやりとした怖さを感じた。

チェ・インソンって名前を言ったら知ってて、写真を見たら間違いないって。同じクラスだったこともあるんだってよ。高校を出るとき家族みんなでアメリカに移民したんだけど、その人だけ一人で韓国に残って、こっちで大学に進学したらしいの。

……そうだったんだ。

かなり勉強ができて、どっかの科学研究所とか、そんなところに勤めてたんだって。

……そう。

でも、いくら良い職場でも一人じゃ寂しかったんじゃない？　九三年かな、つまりあなたと会ったころだよね、アメリカに就職先を見つけて移民しちゃったらしいわ。

受話器を耳に当てたまま、私はリビングの床にうずくまった。そうだったのか。ずっと合わなかったパズルのピースがぴったりと合う。そうか、こんなふうに、すれ違っていたのか。

でもね、ここからがちょっと辛い話なんだけど。

何？

確かではないんだけど、兄さんも人づてに聞いたっていうんだけど……その人ねえ、ご両親のやっていた店で日曜日に店番をしてて死んじゃったんだって。強盗に銃で撃たれて。二年前のことらしいわ。

ソジンのそばでジョンウクが何やら聞き取れないことを叫びはじめたので、話の終わりの方はよくわからなかった。

ヒョニョン、聞こえる？　ああもう、子どものせいでよく聞こえないわ。でもさ……知らない人でもそんな話を聞くと悲しいわね。あなたも、そうでしょ？

受話器を置いたあと、私はぼんやりとその場に座り込んでいる。

二年前だそうだ——心の片側に細かい波紋が走り、徐々に静まっていく。体を起こせるようになるために、そして一人で歩けるようになるために私が力を振り絞っていたまさにそのころ、彼は死んだ。

結局のところ、私とは何の関係もなかった人だ。永遠に行き違う運命だったのだ。彼の長い眠りの中に、私の思い出――ほんの形だけだったとしても――も永遠に埋もれてしまった。あの人のうなじも。手を触れることすらできなかった産毛も、温かい肌も。

額から汗のしずくが垂れ、こめかみを伝って流れ落ちる。ずっと忘れていた憐憫の気持ちが、静かに私の体に染み渡る。

どこから湧いてくるのだろう、この静かな気持ちは。

どこからこんな気持ちが――生きたいという、生きねばという思いが、響いてくるのか。

34

Qは九十三歳で死んだ。遺作展の図録の付録に、八十歳のときに行われたインタビュー記事が載っていた。質問は翻訳調で、だいたいにおいて長く衒学的なのに比べ、回答は相手を困惑させるほど短く、彼女が柔和で社交的な人柄ではなかったことが見て取れた。

あなたの作品は多くの段階を経て今に至っています。この無数の光の点は疑いようもなく美しいものですが、あなたの初期の作品が見せてくれた、明確で凄絶な訴求力は失われたという評もあります。どのような内的プロセスを経てこのような作画法に移行されたのでしょうか。

いいえ、失われたものはありません。この中に全部あります。

全部あるというのがどういう意味か、わかるような気もします。いずれにせよ、今の作品にあなたがより満足しておられるということなのでしょうね。

いいえ、全然。もちろん、以前もまったく満足していませんでしたが。

そのことに苦痛を感じますか。

もちろん。しかし時間が解決してくれるでしょう。私は期待しています。

八十歳という年齢で彼女が抱いていた期待——しかも時間にかけていた期待について、私は考える。

彼女が唯一長い答えを返した質問は、色彩に関することだった。黄色について彼女は語る。

この黄色は太陽です。朝やたそがれどきの太陽ではなく、真昼の太陽です。神秘さも静けさも打ち捨て、最も生き生きした光の粒子から成る、最も軽やかな光のかたまりです。それを見たいなら真昼の光の中にいなくてはならない。あの光を経験するには、それに耐えるには、あの中に入り、上っていこうとするならばね。……あの光そのものになりたいなら、ということですよ。


作業台に置いたアクリル絵の具のチューブを一つずつ撫でてみてから、私はパレットと水を用意する。筆を洗い、埃をかぶっていた粉絵の具のビンのふたをひねって開ける。気に入った色ができるまで、黄色系統の絵の具を、さまざまな方法で配合する。

ついに望み通りの色ができる。Qの絵のように昇華された、澄んだ黄色ではない。それよりも強い、不純物のない黄色だ。私は両の手のひらを絵の具につける。あらかじめ広げておいた韓紙に捺していく。左手が故障しているため非対称の手のひらの跡が、黄色く捺され、紙の繊維の一筋一筋の中へ染み込んでいく。同じ絵の具を筆につけ、その下に年度と日付を書く。もっと何か書こうかと思うが、筆を置く。

35

無意識のうちに家にいるつもりだったが、気づいてみるとアトリエだ。作業台にうつ伏せになって目を閉じてしまったのだ。開いて立てておいたQの図録から、無数の光の円が私に降り注いでいる。陽が沈みかけ、西向きの窓から斜めに射し込んでくる陽射しが余白に映っている。図録を閉じると、裏表紙に印刷されたQの写真が目に飛び込んでくる。白髪の老婆が絵に向かい合っている。曲がった腰、歯が残っていない口、深いしわや小じわがすきまなく刻み込まれた横顔。

私は唇を噛み、うたた寝のあいだに見たふしぎな夢を思い返してみる。私の両の手首から、透き通った、小さな、新しい手が生えだして、その十本の透き通った指を私はしげしげと見ていた。自分の腕に鮮やかな黄色い模様が刻まれていることがふしぎで、私は腕をかざしてみた。太陽を背にした木々の葉のように、私の腕が透明なレモン色に染まっていく。

私は体を起こす。急に立ち上がったので、テーブルに置いてあった受話器が落ちる。床につくかつかないかのところでぶら下がっているそれを放置したまま、私は夕暮れの窓べに歩み寄る。

どこまで来ているんだろう、と声に出してつぶやく。そして、どこまで行けるのだろう。私は眉をひそめ、かちかちに乾いた絵の具がついたままの両手を高く上げて西陽にかざしてみる。はっきりと見える指の骨と関節のあいだで、夏の終わりのプラタナスの葉が音もなく身をよじっている。あれは光か、あれが美なのか。それともあれが命なのだろうか。そしてそのようにして、私は立っている。黙したままで。

訳者あとがき

二〇一六年に『菜食主義者』によってアジア人初のマン・ブッカー国際賞を受賞したハン・ガン。二〇一八年にも『すべての、白いものたちの』（原題『白い』）で同賞の最終候補に残り、今や世界舞台に堂々たる位置を占めたことは間違いない。ハン・ガンは一九七〇年生まれ、二十代前半でデビューして以来韓国内の主要な文学賞を多数受賞し、真摯な作風と、強靭さと繊細さを併せ持つ清冽な文体で高い評価を得てきた。日本でも今までにエッセイ集を含め五冊が翻訳出版されており、韓国文学といえば真っ先に名前が挙がる作家だ。

これまでに日本語訳された小説はすべて長編だが、ハン・ガンはデビュー以来、三冊の短編集を出している。『麗水《ヨス》の愛』（一九九五年）、『私の女の果実』（二〇〇〇年）、そして本書『回復する人間』（原題『黄色い模様の永遠』二〇一二年）だ。昨年、これら三冊の短編集が同時に改訂され、装丁を一新して再刊の運びとなった。改訂にあたって作品の並び順が変更され、文章への若干の改変が行われた。本書はこの改訂版を底本としている。

表題について補足すると、本書の原題は最後に収められた短編「火とかげ」の原題にあたる「黄色い模様の永遠」である。しかし著者が、初版刊行時に「回復する人間」を総タイトルにしたい気持ちがあったと語っていることや、本書全体のテーマをずばり言い表していることなどから、日本語版タイトルは『回復する人間』とした。

本書に収められた作品は二〇〇三年から一二年、著者が三十代前半から四十代前半という脂の乗った時期に発表されたものである。その間には、日本語で読めるものとしては長編小説『菜食主義者』（きむ ふな訳、クオン）、『ギリシャ語の時間』（拙訳、晶文社）、エッセイ集『そっと 静かに』（古川綾子訳、クオン）が書かれており、またその後の光州事件を題材とした力作『少年が来る』（井手俊作訳、クオン）や『すべての、白いものたちの』（拙訳、河出書房新社）につながっていく重要な時期でもある。

著者は、「短編小説には、私が人生に対して持っている感覚といったものが長編小説に比べて多く現れていると思う」と語ったことがある。また、「私という人間がときにはよちよち歩きで、ときにはひるまずに強く、ときには闇の中をようやく手探りで歩いて生きてきた記録」とも。本書の説明は著者のこの言葉だけでも十分なのだが、以下、それぞれの作品について一言ずつ述べておく。

明るくなる前に

大切な人の死を乗り越えて生きようとする冴え冴えとした意思が沁みてくる一編。母親にとって一人息子である弟を死なせてしまったと苦しむ「ウニ姉さん」への、「そんなふうに生きないで」という呼びかけが、早くも本書のクライマックスの一つを形作っている。なお、韓国では友人関係においても年齢の差が重要なので、年下の主人公は相手を「姉さん」と呼ぶ。「ウニ姉さん」はどこまでも「姉さん」であって、決して「ウニさん」ではない。韓国人らしい絆のあり方が現れた呼称である。

回復する人間

和解できないまま姉と死に別れた女性が主人公。ひりひりするような回顧に苦しむうちに、彼女の足の傷も心も徐々に回復へと近づくが、彼女自身はたやすく回復することを拒む。土の上に横たわった主人公が祈りの言葉をつぶやく最後のシーンは、つきつめた痛みの先にある力を感じさせる。

この作品については、著者自身が「回復ということについて考えてみた作品」と語っている。著者も足首に火傷をしたことがあるそうで、何か月もその部位に感覚がなかったが、初めてそこが痛んだときに医師に「これで治ったのですよ」と言われ、「ああ、回復ってこういうことなんだ」と実感したという。痛みがあってこそ回復がある。これこそが、本書を貫く大きなテーマである。

エウロパ

性的指向を隠して生きてきた主人公「僕」と、不幸な結婚の傷を音楽によって乗り越えてきた「イナ」の、かけがえのない愛情と友情の物語。主人公とイナがソウルの夜の繁華街を散歩する場面の描写は本書の中でも一、二を争う切実な抒情をたたえている。ハン・ガンが世界で愛される理由には、生と死、人間と暴力といった真摯なテーマを描きつづけている点と並んで、ここに見るような巧みな描写力がきわめて高いポピュラリティを備えている点もあるのではないだろうか。

なお、ハン・ガンの作品の中でクィアな物語は多くはないが、「麗水の愛」（未邦訳）など、強烈な読後感を残すものが目につく。また、イナが歌い手として運動に参加していくシーンは、二〇〇九年に起きたサンヨン自動車の大量解雇事件や、同年に起きた、ソウル市での再開発をめぐる対立から住民と警察官合わせて六人が死亡した龍山《ヨンサン》事件を念頭においているとのこと。八二ページのイナの歌に出てくる人々は長期ストライキに入った男性たちであり、歌詞の内容は、生存と尊厳をかけて戦う彼らとの出会いがそれまでのイナに一種の内的な死をもたらしたことを意味するのだろう。「僕」はイナのそんな変化を完全に受け入れることができず、やがて来る別れを予想している。

フンザ

主人公は家計をほぼ一人で背負い、育児の悩みを夫と共有することもできない母親。気を抜いたら転がり落ちてしまいそうな日常の断崖を一人で歩いている。そんな彼女の孤独がひとり歩きして、夜な夜な「フンザ」という、実在するが行けない土地を夢見る。彼女にとってフンザとは、人間を含めた他者の生命との一瞬の邂逅に永遠を見ること、そのものなのだろう。そこがテロ多発地帯を越えなくては行けない地域であることが、さまざまな形の暴力について考え抜いてきたハン・ガンたる所以でもある。

青い石

ハン・ガンの死生観がよく現れた作品。この物語は後にさらに展開されて、長編『風が吹く、行け』（二〇一〇年・未邦訳）となった。「叔父さん」と「私」の恋愛関係を縦糸に、姪である同級生と「私」とのシスターフッドを横糸にしたミステリー仕立ての力作である。

左手

銀行員として働き妻子を持つ男性、つまり世の中のきわめてスタンダードな男性を主人公とする、本書の中では特異な作品。他の作品の主人公である女性たちが独り身だったり、夫とうまくいっていなかったり、離婚を経験したりして孤独を抱えながら奮闘する一方で、「左手」の男性主人公が、妻も仕事も手放さないと誓いながら自滅していく様子は絶妙な対比をなしている。この短編は本書の中で、結末に希望が見当たらない唯一の物語だが、左手が使えなくなるというモチーフが、最後の「火とかげ」につながっていく。

火とかげ

本書の中で最も初期に書かれ、原書のタイトルとなった作品である。原題「노랑무늬영원」の本来の意味は「黄色い模様の蠑螈《ヨンウォン》」で、俗に言う「火とかげ」の韓国語の名称だが、「蠑螈」が「永遠《ヨンウォン》」の同音異義語であるために高い効果を上げている。しかし日本語ではこの同音異義語を活かすことが難しく、それもあって本書のタイトルは『回復する人間』とした。ちなみに、「火とかげ」とはいっても爬虫類ではなく両生類でイモリなどの仲間、日本ではファイアーサラマンダーと呼ばれる。

これを執筆したころ、著者自身も手の指や手首が痛くてパソコンのキーが打てず、ようやく完成させた肉筆原稿をアルバイトの人に入力してもらう方法で書いていたという。しかもそのころ子どもがまだ幼かったというから、大変な困難の時期だっただろう。主人公はくり返し「自分には絵しかない」と語っているが、それを「文」に置き換えれば当時の著者の心情がイメージできるかもしれない。

なお、作中では在日韓国人女性の作品となっているが、実際に本作執筆においてハン・ガンにインスピレーションを与えた絵は、日本で活躍した男性画家郭仁植《クァク・インシク》の、光の粒のような点々を重ねる技法によって和紙に描かれた作品であり、初版時の装丁にも用いられた。

発表時期が十年にわたるにもかかわらず、本書に集められた短編は驚くほどテーマがそろっている。

文芸評論家シン・ヒョンチョルの言葉を借りれば「この本の関心事は、ほかの読み方をすることが困難なほどはっきりしている。それは〈傷と回復〉だ」ということになる。韓国の小説を読んでいると往々にして、本を閉じても登場人物がどこかで生きつづけているような気がすることがあるが、『回復する人間』に登場する女性たちがまさにそうだ。例えば、「フンザ」の物語は事態好転の兆しのないまま終わるが、それだけに今も韓国のどこかで主人公が、懸命な表情でハンドルを握りしめているような気がしてならない。ページを閉じても終わらない、読者と一緒に生きていく女性たち。そんなにも臨場感ある人物が奮闘し、煩悶し、そして回復する過程をともに味わっていただければと思う。

ハン・ガンは二〇一五年と一八年に、雪をモチーフとした中編「雪ひとひらが溶ける間に」と「別れ」を発表しており、それに新作を加え、「雪三部作」と呼ばれる小説集が刊行される予定である。この新作小説集や、また過去の二冊の短編集『麗水の愛』『私の女の果実』もいずれ日本で読めることを期待したい。特に後者『私の女の果実』の表題作は『菜食主義者』のもととなった短編で、ハン・ガンの世界を理解する上で重要な作品である。

編集にあたってくださった白水社の藤波健さん、堀田真さん、翻訳チェックをしてくださった伊東順子さん、岸川秀実さんに御礼申し上げる。

二〇一九年四月

斎藤真理子

初出一覧

明るくなる前に　『文学と社会』二〇一二年夏号
回復する人間　『作家世界』二〇一一年春号
エウロパ　『文藝中央』二〇一二年春号
フンザ　『世界の文学』二〇〇九年冬号
青い石　『現代文学』二〇〇六年八月号
左手　『文学手帖』二〇〇六年秋号
火とかげ　『文学トンネ』二〇〇三年春号

装丁
緒方修一

装画
小林正人《この星のモデル（画家） #19》
Copyright © Masato KOBAYASHI
courtesy of ShugoArts

訳者略歴

翻訳家。パク・ミンギュ『カステラ』（共訳）で第一回日本翻訳大賞、チョ・ナムジュ他『ヒョンナムオッパへ』で〈韓国文学翻訳院〉翻訳大賞受賞、ハン・ガン『別れを告げない』で第七六回読売文学賞（研究・翻訳賞）受賞。訳書は他に、ハン・ガン『すべての、白いものたちの』『ギリシャ語の時間』『引き出しに夕方をしまっておいた』（共訳）、パク・ソルメ『もう死んでいる十二人の女たちと』『未来散歩練習』、ペ・スア『遠きにありて、ウルは遅れるだろう』、パク・ミンギュ『ピンポン』、チョ・セヒ『こびとが打ち上げた小さなボール』、ファン・ジョンウン『誰でもない』『年年歳歳』『ディディの傘』、チョン・イヒョン『優しい暴力の時代』、チョン・ミョングァン『鯨』、チョン・セラン『フィフティ・ピープル』『保健室のアン・ウニョン先生』『声をあげます』『シソンから、』、チョ・ナムジュ『82年生まれ、キム・ジヨン』『サハマンションン』、李箱『翼　李箱作品集』など。著書に、『韓国文学の中心にあるもの』、『本の栞にぶら下がる』、『曇る眼鏡を拭きながら』（共著）、『隣の国の人々と出会う——韓国語と日本語のあいだ』がある。

〈エクス・リブリス〉

回復する人間

二〇一九年六月一五日　第一刷発行
二〇二五年四月二五日　第一〇刷発行

著者　ハン・ガン
訳者 ©　斎藤真理子《さいとうまりこ》
発行者　岩堀雅己
印刷所　株式会社三陽社
発行所　株式会社白水社

東京都千代田区神田小川町三の二四
電話　営業部〇三（三二九一）七八一一
　　　編集部〇三（三二九一）七八二一
振替　〇〇一九〇‐五‐三三二二八
　　　郵便番号　一〇一‐〇〇五二
www.hakusuisha.co.jp

乱丁・落丁本は、送料小社負担にてお取り替えいたします。

株式会社松岳社

ISBN978-4-560-09059-6

Printed in Japan